A MORTE DE JESUS

J.M. COETZEE

A morte de Jesus

Tradução
José Rubens Siqueira

Copyright © 2019 by J.M. Coetzee
Todos os direitos mundiais reservados ao proprietário.
Publicado mediante acordo com Peter Lampack Agency, Inc. 350 Fifth Avenue, Suite 5300 New York, NY 10118 USA.

Grafia atualizada segundo o Acordo Ortográfico da Língua Portuguesa de 1990, que entrou em vigor no Brasil em 2009.

Título original
The Death of Jesus

Capa
Kiko Farkas/ Máquina Estúdio

Foto de capa
Edmar Barros
instagram.com/edmarcbarros

Preparação
Willian Vieira

Revisão
Jane Pessoa
Marise Leal

Dados Internacionais de Catalogação na Publicação (CIP)
(Câmara Brasileira do Livro, SP, Brasil)

Coetzee, J.M.
    A morte de Jesus / J.M. Coetzee ; tradução José Rubens Siqueira. — 1ª ed. — São Paulo : Companhia das Letras, 2023.

    Título original: The Death of Jesus.
    ISBN 978-65-5921-369-6

    1. Romance inglês — Escritores sul-africanos I. Título.

22-137372   CDD-823

Índice para catálogo sistemático:
1. Romances : Literatura sul-africana em inglês 823

Daniela Sanches Moreira – Bibliotecária – CRB-8/9077

Todos os direitos desta edição reservados à
EDITORA SCHWARCZ S.A.
Rua Bandeira Paulista, 702, cj. 32
04532-002 — São Paulo — SP
Telefone: (11) 3707-3500
www.companhiadasletras.com.br
www.blogdacompanhia.com.br
facebook.com/companhiadasletras
instagram.com/companhiadasletras
twitter.com/cialetras

A MORTE DE JESUS

1.

É uma fresca tarde de outono. No gramado dos fundos do prédio de apartamentos ele está parado, assistindo a um jogo de futebol. Geralmente ele é o único espectador desses jogos entre crianças do prédio. Mas hoje dois estranhos pararam para assistir também: um homem de terno escuro e, a seu lado, uma garota de uniforme.

A bola faz um arco até a ponta esquerda, onde David joga. Ele detém a bola com facilidade, dribla o jogador da defesa que vem enfrentá-lo e chuta a bola para o centro. Ela escapa de todo mundo, escapa do goleiro e atravessa a linha do gol.

Nesses jogos de dias da semana, não existem times de verdade. Os meninos se dividem como acham melhor, entram, saem. Às vezes, há trinta deles em campo, às vezes só meia dúzia. Quando David se juntou a eles, três anos atrás, era o mais novo e o menor. Agora está entre os maiores, mas continua ágil apesar da altura, rápido, um corredor ladino.

Há uma parada no jogo. Os dois estranhos se aproximam; o cachorro que cochila a seus pés acorda e levanta a cabeça.

"Bom dia", diz o homem. "Que times são esses?"

"É só um jogo amador das crianças do bairro."

"Eles são bons", diz o estranho. "Você é um pai?"

Ele é um pai? Será que vale a pena tentar explicar exatamente o que ele é? "Aquele ali é o meu filho", ele diz. "David. O menino alto de cabelo escuro."

O estranho inspeciona David, o menino alto de cabelo escuro, que passeia, distraído, sem prestar muita atenção no jogo.

"Eles já pensaram em se organizar como time?", pergunta o estranho. "Deixe eu me apresentar. Meu nome é Julio Fabricante. Esta aqui é a Maria Prudencia. Nós somos do Las Manos. Conhece o Las Manos? Não? É o orfanato do outro lado do rio."

"Simón", diz ele, Simón. Aperta a mão de Julio Fabricante do orfanato, acena com a cabeça para Maria Prudencia. Maria, ele calcula, tem seus catorze anos, constituição sólida, sobrancelhas pesadas e busto bem desenvolvido.

"Pergunto porque a gente gostaria de receber esses meninos. Temos um campo de verdade com marcação de verdade e traves de verdade."

"Acho que eles se contentam só de chutar a bola pra lá e pra cá."

"Ninguém melhora sem competição", diz Julio.

"Concordo. Por outro lado, formar um time significaria escolher onze e excluir o resto, o que iria contra o espírito do que eles criaram. É isso que eu penso. Mas talvez eu esteja errado. Talvez eles queiram mesmo competir e melhorar. Pergunte a eles."

David tem a bola a seus pés. Ele dribla para a esquerda e vai para a direita, num movimento tão fluido que a defesa se perde. Ele passa a bola para um colega e observa enquanto o colega a chuta mansamente para os braços do goleiro.

"Ele é muito bom, o seu filho", diz Julio. "Um talento."

"Ele tem uma vantagem sobre os amigos. Faz aula de dança, então tem um bom equilíbrio. Se os outros meninos fizessem aula de dança seriam tão bons quanto."

"Está ouvindo, Maria?", diz Julio. "Quem sabe você devia seguir o exemplo do David e fazer aula de dança."

Maria olha fixamente à frente.

"A Maria Prudencia joga futebol", diz Julio. "Ela é uma das estrelas do nosso time."

O sol está se pondo. Logo o rapaz que é dono da bola vai pedi--la de volta ("tenho de ir embora") e os jogadores irão para casa.

"Sei que o senhor não é o treinador deles", diz Julio. "Mas vejo também que o senhor não é a favor de esporte organizado. Mesmo assim, pelos meninos, pense um pouco. Esse é o meu cartão. Pode ser que eles gostem de jogar como time, contra outro time. Muito prazer em conhecer o senhor."

Dr. Julio Fabricante, Educador, diz o cartão. *Orfanato de Las Manos, Estrella 4.*

"Vamos, Bolívar", ele diz. "Hora de ir para casa."

O cachorro se põe de pé penosamente e solta um peido malcheiroso.

Durante o jantar, David pergunta: "Quem era o homem que estava conversando com você?".

"O nome dele é dr. Julio Fabricante. Olhe aqui o cartão dele. É de um orfanato. Ele propõe que vocês formem um time para jogar contra um time do orfanato."

Inés examina o cartão. *"Educador"*, ela diz. "O que é isso?"

"É uma palavra chique para professor."

Quando ele chega no gramado na tarde seguinte, o dr. Fabricante já está lá, falando com os meninos reunidos à sua volta. "Vocês podem também escolher um nome pro time", diz. "E a cor das camisetas."

"Los Gatos", diz um menino.

"Las Panteras", diz outro.

Las Panteras é o favorito entre os meninos, que parecem excitados com a proposta do dr. Julio.

"A gente, no orfanato, se chama Los Halcones, por causa do falcão, a ave que tem a melhor visão."

David fala: "Por que não se chamar Los Huérfanos?".

Faz-se um silêncio estranho. "Porque, meu rapaz", diz o dr. Fabricante, "nós não esperamos nenhum favorecimento. Nós não pedimos que deixem a gente ganhar por causa do que nós somos."

"O senhor é órfão?", David pergunta.

"Não, eu, por acaso, não sou órfão, mas sou o encarregado pelo orfanato e moro lá. Tenho muito respeito e amor pelos órfãos. Há muitos mais deles no mundo do que você imagina."

Os meninos se calam. Ele, Simón, se cala também.

"Eu sou órfão", diz David. "Posso jogar no seu time?"

Os meninos dão uma risadinha. Estão acostumados às provocações de David. "Para, David!", um deles sussurra.

É hora de ele intervir. "Não sei se você entende bem o que é ser órfão, David, órfão de verdade. Um órfão não tem família, não tem casa. É aí que entra o dr. Julio. Ele oferece aos órfãos um lugar para viver. Você já tem um lugar para viver." Ele se volta ao dr. Julio. "Peço desculpas por envolver o senhor numa discussão familiar."

"Não precisa se desculpar. A questão que o jovem David levantou é importante. O que significa ser órfão? Significa simplesmente não ter pais conhecidos? Não. Ser órfão, no nível mais profundo, é estar sozinho no mundo. Então, em certo sentido, nós somos todos órfãos, porque nós todos estamos, no nível mais profundo, sozinhos no mundo. Como eu digo aos jovens sob os meus cuidados, não é vergonha nenhuma viver num orfanato, porque um orfanato é um microcosmo da sociedade."

"O senhor não respondeu", diz David. "Posso jogar no seu time?"

"Seria melhor você jogar no seu próprio time", diz o dr. Fabricante. "Se todo mundo jogar pelo Los Halcones a gente não teria contra quem jogar. Não haveria competição."

"Não estou perguntando por todo mundo. Estou perguntando por mim."

O dr. Fabricante volta-se para Simón. "O que acha, señor? O senhor aprova o nome Las Panteras pro seu time de futebol?"

"Eu não tenho opinião", ele responde. "Não quero impor o meu gosto à meninada." Aí ele se detém. Gostaria de acrescentar: *Essa meninada que estava contente de jogar futebol do jeito deles até o senhor aparecer.*

2.

É o quarto ano de residência deles no prédio de apartamentos. Embora o apartamento de Inés no segundo andar seja suficientemente grande para os três, por acordo mútuo ele alugou um apartamento para si no térreo, menor e com mobília mais simples. Ele consegue pagar por ele porque seus ganhos tiveram um aumento devido a um subsídio de incapacidade por causa de um problema nas costas que nunca sarou completamente, do tempo em que foi estivador em Novilla.

Ele tem seu próprio salário e seu próprio apartamento, mas não tem nenhum círculo social, não porque seja um ser antissocial ou porque Estrella seja uma cidade inamistosa, mas porque muito tempo atrás resolveu se dedicar sem reservas à criação do menino. Quanto a Inés, ela passa os dias e às vezes as noites cuidando da butique de moda da qual é coproprietária. Seus amigos pertencem ao Modas Modernas e ao mundo mais amplo da moda. Ele é deliberadamente pouco curioso em relação a essas amizades. Se ela tem amantes dentre esses amigos, ele não sabe e não quer saber, contanto que ela continue a ser uma boa mãe.

Sob o cuidado deles, David desabrochou. Está forte e saudável. Anos antes, quando moravam em Novilla, tiveram um embate com o sistema de educação pública. Os professores de David o acharam *obstinado*, intratável. Desde então, o mantiveram longe de escolas públicas.

Ele, Simón, tem certeza de que uma criança com uma inteligência inata tão clara pode ficar sem ensino formal. *É uma criança excepcional*, ele diz a Inés. *Quem pode saber para que lado vão os seus dotes?*

Na Academia de Música de Estrella, David assiste às aulas de canto e dança. As aulas de canto são supervisionadas pelo diretor da Academia, Juan Sebastián Arroyo. No que diz respeito à dança, não há na Academia ninguém que possa ensinar algo a ele. Nos dias em que resolve comparecer à aula, ele dança o que quer; os outros alunos acompanham ou, se não conseguem acompanhar, assistem.

Ele, Simón, dança também, embora seja um adepto tardio e sem qualquer talento especial. Ele o faz em particular, à noite, sozinho. Veste o pijama, põe o gramofone no volume baixo e dança para si mesmo, com os olhos fechados, até esvaziar a mente. Depois, desliga a música, vai para a cama e dorme o sono dos justos.

Quase todas as noites, a música é uma suíte de danças para flauta e violino composta por Arroyo para marcar a morte de sua segunda esposa, Ana Magdalena. As danças não têm título; o disco, prensado na sala dos fundos de uma loja na cidade, não tem rótulo. A música em si é lenta, solene, triste.

David não se digna a comparecer a aulas regulares e fazer, em particular, exercícios de matemática como um menino normal de dez anos, por causa do preconceito contra a aritmética encorajado nele pela falecida señora Arroyo, que afirmava aos alunos que passavam por suas mãos que números integrais são divindades, entidades celestes que existiam antes de o mundo físico se constituir e que continuarão a existir depois que o mundo acabar e, portanto, merecem reverência. Misturar números uns com os outros (*adición, sustracción*) ou cortá-los em pedaços (*fracciones*) ou aplicá-los a medir quantidades de tijolos ou farinha (*la medida*) constitui uma afronta à divindade deles.

Em seu décimo aniversário, Simón e Inés deram a David um relógio de pulso, que David se recusa a usar porque (diz ele) fixa os números em ordem circular. Nove horas pode vir antes de dez horas, diz ele, mas nove não está nem antes nem depois de dez.

À devoção aos números da señora Arroyo, que ganhava forma nas danças que ensinava aos alunos, David acrescentou um toque idiossincrático próprio: a identificação de números específicos com determinadas estrelas do céu.

Ele, Simón, não entende a filosofia dos números (que particularmente não considera uma filosofia, mas um culto) pregada na Academia: abertamente pela señora falecida, mais discretamente pelo viúvo Arroyo e seus amigos músicos. Ele não a entende, mas a tolera, não só em consideração a David, mas também porque, quando está no humor certo, durante suas danças noturnas, às vezes lhe vem uma visão, momentânea, passageira, daquilo que a señora Arroyo costumava falar: esferas prateadas, numerosas demais para que se possam contar, rodando em torno uma da outra com um zumbido extraterreno, no espaço sem fim.

Ele dança, tem visões, mas não se vê como um convertido ao culto dos números. Para suas visões, há uma explicação razoável que o satisfaz quase sempre; o embalo ritmado da dança, o canto hipnótico da flauta, induzem a um estado de transe no qual fragmentos são sugados do leito da memória e rodopiam diante do olho interior.

* * *

David não consegue ou não quer fazer somas. Mais preocupante ainda, ele se nega a ler. Quer dizer, depois de ter aprendido a ler sozinho o *Dom Quixote*, ele não mostra interesse em ler nenhum outro livro. Sabe de cor o *Dom Quixote*, numa versão abreviada para crianças; ele o trata não como uma história inventada, mas como uma história verdadeira. Em algum lugar no mundo, ou se não neste mundo no próximo, Dom Quixote está no exterior, montado em seu corcel Rocinante, com Sancho trotando a seu lado em um burro.

Tiveram discussões a respeito de *Dom Quixote*, ele e o menino. Se você ao menos se abrisse para outros livros, diz ele, descobriria que o mundo tem uma multidão de heróis além do Dom, e heroínas também, conjurados do nada pelas mentes férteis dos autores. Na verdade, como um menino dotado, você pode inventar heróis próprios e enviá-los mundo afora para viver aventuras.

David mal escuta. "Não quero ler outros livros", ele diz, desinteressado. "Já sei ler."

"Você tem um entendimento errado do que significa ler. Ler não é só transformar sinais impressos em sons. Ler é uma coisa mais profunda. Ler de verdade significa ouvir o que o livro tem a dizer e refletir a respeito — talvez até ter uma conversa com o autor na sua cabeça. Significa aprender sobre o mundo — o mundo como ele é de fato, não como você quer que ele seja."

"Por quê?", David pergunta.

"Por quê? Porque você é jovem e ignorante. Você só vai se livrar da sua ignorância ao se abrir pro mundo. E o melhor jeito de se abrir pro mundo é ler o que outras pessoas têm a dizer, pessoas menos ignorantes que você."

"Eu conheço o mundo."

"Não, não conhece. Não sabe absolutamente nada do mundo além do seu limitado campo de experiência. Dançar e chutar uma bola são boas atividades em si, mas não ensinam sobre o mundo."

"Eu li o *Dom Quixote*."

"Eu repito, *Dom Quixote* não é o mundo. Longe disso. *Dom Quixote* é uma história inventada sobre um velho alucinado. É um livro divertido, suga você para dentro da sua fantasia, mas a fantasia não é real. Na verdade, a mensagem do livro é exatamente alertar leitores como você para que não sejam sugados por um mundo irreal, um mundo de fantasia, como acontece com o Dom Quixote. Não se lembra de como o livro termina, quando Dom Quixote cai em si e fala para a sobrinha queimar seus livros para que ninguém no futuro tenha a tentação de seguir o seu caminho louco?"

"Mas ela não queima os livros."

"Ela queima! Pode não dizer isso no livro, mas ela queima! Ela fica até muito agradecida de se livrar deles."

"Mas ela não queimou o *Dom Quixote*."

"Ela não pode queimar o *Dom Quixote* porque está dentro do *Dom Quixote*. Não dá para queimar um livro se você está dentro dele, se é um personagem dele."

"Dá, sim. Mas ela não queima. Porque se tivesse queimado eu não teria o *Dom Quixote*. Ele estaria queimado."

Ele sai intrigado dessas disputas com o menino, ainda que obscuramente orgulhoso: intrigado porque não consegue superar um menino de dez anos numa discussão; orgulhoso porque o menino de dez anos consegue tão habilmente confundi-lo. *O menino pode ser preguiçoso, pode ser arrogante*, ele diz a si mesmo, *mas pelo menos o menino não é burro.*

3.

De vez em quando, depois do jantar, o menino ordena que os dois se sentem no sofá ("Venha, Inés! Venha, Simón!") e encena para eles o que chama de *un espectáculo*, um show. São ocasiões em que se sentem mais próximos como família e quando o afeto do menino por eles se expressa com maior clareza.

As canções que David canta em seus *espectáculos* são da aula de canto que faz com o señor Arroyo. Muitas são composições do próprio Arroyo, dirigidas a um *tú* que pode bem ser a esposa morta de Arroyo. Inés acha que não são adequadas para crianças e ele tende a concordar com a reserva dela. Mesmo assim, ele reflete, deve elevar o espírito de Arroyo ouvir suas criações ganharem corpo numa voz pura e jovem como a de David.

"Inés, Simón, vocês querem ouvir uma música de mistério?", pergunta o menino na noite seguinte à visita de Fabricante. E com uma urgência e uma força fora do comum ele eleva a voz e canta:

*In diesem Wetter, in diesem Braus,
nie hätt' ich gesendet das Kind hinaus —
Ja, in diesem Wetter, in diesem Braus,
durft'st Du nicht senden das Kind hinaus!*

(*Nesse clima, nessa tempestade,
eu nunca teria deixado a criança sair...
Sim, nesse clima, nessa tempestade,
você não pode deixar a criança sair!*)

"É só isso?", Inés pergunta. "É muito curta para uma canção."

"Eu cantei hoje pro Juan Sebastián. Eu ia cantar outra, mas quando abri a boca foi essa que saiu. Sabe o que quer dizer?"

Ele repete a canção lentamente, articula com cuidado as palavras estranhas.

"Não faço a menor ideia do que significa. O que o señor Arroyo disse?"

"Ele também não sabe. Mas disse que eu não preciso ter medo. Disse que se eu não sei o que quer dizer nesta vida, vou descobrir na próxima."

"Ele pensou", diz ele, Simón, "que a canção pode vir não da próxima vida, mas da sua vida passada, a que você teve antes de embarcar no navio grande e atravessar o oceano?"

O menino se cala. É aí que termina a conversa e com isso o *espectáculo*. Mas no dia seguinte, quando ele e David estão sozinhos, o menino retoma o assunto. "Quem eu era, Simón, antes de atravessar o oceano? Quem eu era antes de começar a falar espanhol?"

"Eu diria que você era a mesma pessoa que é hoje, só que tinha outra cara, outro nome e falava outra língua, e isso tudo foi apagado quando você atravessou o oceano, junto com as suas lembranças. No entanto, para responder a pergunta *Quem eu era?* eu diria que, no seu coração, no seu cerne, você era você mesmo, o seu único eu. Do contrário não faria nenhum sentido dizer que *você* esqueceu a língua que falava e assim por diante. Porque quem existiria para esquecer senão você mesmo, esse ser que você guarda no seu coração? É isso que eu acho."

"Mas eu não esqueci tudo, esqueci? *In diesem Wetter, in diesem Braus* — eu lembro disso, só não lembro o que quer dizer."

"Verdade. Ou quem sabe, como sugere o señor Arroyo, as palavras te venham não da sua vida passada, mas da sua próxima vida. Nesse caso, seria errado dizer que as palavras vieram da *memoria*, da memória, porque a gente só se lembra de coisas do passado. Em vez disso, eu chamaria as suas palavras de *profecía*, ou predição. Como se você se lembrasse do futuro."

"Qual deles você acha que é, Simón, passado ou futuro? Eu acho que é futuro. Acho que é da minha próxima vida. Dá para se lembrar do futuro?"

"Não, infelizmente eu não me lembro de nada, nem do passado, nem do futuro. Comparado a você, meu jovem David, eu sou um sujeito muito sem graça, nada excepcional, na verdade o oposto mesmo de excepcional. Eu vivo no presente, como um boi. É uma grande bênção ser capaz de se lembrar, seja do passado, seja do futuro, como tenho certeza de que o señor Arroyo iria concordar. Você devia andar com um caderno para anotar as coisas quando se lembrar delas, mesmo que não façam nenhum sentido."

"Ou então eu posso contar para você as coisas que eu lembro e *você* anota."

"Boa ideia. Posso ser o seu *secretario*, o homem que registra os seus segredos. Nós podemos fazer um projeto com isso, você e eu. Em vez de esperar que as coisas apareçam na sua cabeça — a música de mistério, por exemplo —, a gente pode aproveitar alguns minutos todo dia, quando você acordar de manhã ou logo antes de ir dormir, como um momento em que você se concentra e tenta lembrar coisas do passado ou do futuro. Vamos fazer isso?"

O menino fica em silêncio.

4.

Na sexta-feira daquela semana, sem nenhum preâmbulo, David anuncia: "Inés, amanhã eu vou jogar futebol de verdade. Você e o Simón podem vir assistir".

"Amanhã? Eu não posso amanhã, meu bem. Sábado é um dia movimentado na loja."

"Eu vou jogar num time de verdade. Vou ser o número 9. Tenho de usar camiseta branca. Você tem de fazer um 9 e costurar o número nas costas."

Um a um, os detalhes da nova era, a era do futebol de verdade, vêm à tona. Às nove da manhã, vai chegar uma van para pegar os meninos dos apartamentos. Os meninos precisam estar com camisetas brancas com números pretos nas costas, de um a onze. Às dez em ponto, com o nome de Las Panteras, vão entrar em campo para enfrentar Los Halcones, o time do orfanato.

"Quem escolheu o seu time?", ele pergunta.

"Eu."

"Então, você é o capitão, o chefe?"

"Sou."

"E quem disse que você é o capitão?"

"Todos os meninos. Eles querem que eu seja o capitão. Eu decidi os números deles."

A van do orfanato chega pontualmente na manhã seguinte, dirigida por um homem taciturno, de macacão azul. Nem todos os meninos estão prontos — é preciso mandar um mensageiro acordar Carlitos, que perdeu a hora —, na verdade, nem todos têm chuteiras propriamente ditas. Porém, graças à habilidade de costureira de Inés, David tem um elegante número 9 na camiseta e parece o capitão dos pés à cabeça.

Ele e Inés se despedem do grupo, depois seguem de carro; a perspectiva de seu filho liderar um time de futebol em campo evidentemente desbanca o negócio da loja.

O orfanato fica do outro lado do rio, numa parte da cidade que ele nunca teve por que explorar. Eles seguem a van por uma ponte, atravessam um bairro industrial, depois continuam por uma estrada sulcada entre um depósito e uma serraria, até sair num ponto surpreendentemente agradável à margem do rio: um conjunto de prédios baixos de calcário à sombra das árvores, com uma quadra esportiva onde crianças de todas as idades circulam, vestidas com o uniforme azul-escuro do orfanato.

Sopra uma brisa forte. Inés está protegida por um casaco de gola alta; ele, menos previdente, veste apenas um suéter.

"Aquele é o dr. Fabricante", ele aponta, "o homem de camisa e short pretos. Parece que ele vai ser o juiz."

O dr. Fabricante sopra o apito, um sopro imperioso atrás do outro, e agita os braços. O bando de crianças sai do campo, os dois times se alinham atrás dele, os órfãos impecáveis com camisetas azul-escuras, shorts brancos e chuteiras pretas, os meninos dos apartamentos com uma miscelânea de roupas e calçados.

Ele logo se surpreende com a disparidade de tamanho entre os times. As crianças de azul são simplesmente muito maiores.

Há até uma menina entre eles, que ele reconhece como Maria Prudencia pelas coxas fortes e seios volumosos. Há também rapazes que parecem distintamente pós-púberes. Em comparação, os visitantes parecem insignificantes.

Desde o pontapé inicial, os jovens *panteras* recuam, relutando em se envolver com os oponentes mais pesados. Não demora para o time de azul avançar e marcar o primeiro gol, logo seguido de outro.

Ele se volta para Inés, irritado. "Isso não é jogo de futebol, é a matança dos inocentes!"

A bola cai nos pés de um dos meninos do time de David. Ele chuta para a frente de qualquer jeito. Dois companheiros seguem a bola, mas ela é tomada por Maria Prudencia, que fica em cima da bola, desafiando-os a tirá-la dela. Eles congelam. Desdenhosa, ela chuta de lado para um colega.

A tática dos órfãos é simples mas eficiente: tocam a bola metodicamente adiante, empurrando os oponentes para fora do caminho, até passar a bola pelo infeliz goleiro. Quando o dr. Fabricante sopra o apito para o intervalo, o placar é 10 × 0. Tremendo no vento forte, as crianças dos apartamentos se juntam e esperam o massacre recomeçar.

O dr. Fabricante reinicia o jogo. Alguém rebate a bola e ela rola para David. Com a bola nos pés, ele passa como um fantasma pelo primeiro oponente, pelo segundo, pelo terceiro e chuta no gol.

Um minuto depois a bola vai de novo para ele. Com facilidade, ele dribla os jogadores de defesa; mas então, em vez de chutar para o gol, ele passa a bola a um colega e o vê chutar por cima do gol.

O jogo termina. Desanimados, os meninos dos apartamentos deixam o campo, enquanto os vitoriosos são cercados por uma multidão alegre.

O dr. Fabricante vai até onde eles estão. "Creio que vocês gostaram do jogo. Foi um pouco parcial — peço desculpas por isso. Mas é importante nossas crianças testarem o mundo exterior. Importante para a autoestima deles."

"Nossos meninos não são exatamente o mundo exterior", replica ele, Simón. "São apenas meninos que gostam de chutar uma bola. Se quer mesmo testar seu time, devia jogar contra uma oposição mais forte. Não concorda, Inés?"

Inés aquiesce.

Ele está tão zangado que não se importa que o dr. Fabricante fique ofendido. Mas não, Fabricante ignora a repreensão. "Ganhar ou perder não é tudo", diz ele. "O que importa é a criança participar, dar o máximo de si, fazer sua melhor performance. Se bem que em certos casos vencer realmente se torna um fator importante. Nosso caso é um desses. Por quê? Porque nossas crianças partem de uma desvantagem. Precisam provar a si mesmas que podem competir com gente de fora, competir e ganhar. Sem dúvida, o senhor entende."

Ele não entende nem um pouco; mas não tem vontade de entrar numa discussão. Não foi com a cara do dr. Fabricante, o *educador*; espera não vê-lo nunca mais. "Estou congelando", ele diz, "e tenho certeza de que os meninos também estão. Por que o motorista foi embora?"

"Ele vai voltar em um minuto", diz o dr. Fabricante. Faz uma pausa, dirige-se a Inés: "Señora, posso trocar uma palavrinha com você em particular?".

Ele, Simón, se afasta. As crianças do orfanato tomaram conta do campo e estão ocupadas com várias brincadeiras, ignorando os visitantes derrotados, que esperam arrasados a van chegar para levá-los para casa.

A van chega, os Las Panteras se arrastam para dentro. Estão prestes a partir quando Inés bate peremptoriamente na janela: "David, você vem conosco".

Relutante, David sai da van. "Não posso ir com os outros?", pergunta.

"Não", Inés responde, dura.

No caminho de volta, no carro, o motivo de seu mau humor se revela. "É verdade", ela pergunta, "que você falou pro dr. Fabricante que quer sair de casa e morar no orfanato?"

"É."

"Por que disse isso?"

"Porque eu sou órfão. Porque você e o Simón não são meus pais de verdade."

"Foi isso que você disse pra ele?"

"Foi."

Ele, Simón, intervém. "Não dê bola pra isso, Inés. Ninguém vai levar a sério as ideias do David, muito menos um homem que cuida de um orfanato."

"Eu quero jogar no time deles", diz o menino.

"Você vai sair de casa por casa de futebol? Para jogar futebol pelo orfanato? Porque tem vergonha do seu time, dos seus amigos? É isso que está dizendo?"

"O dr. Julio disse que eu posso jogar no time dele. Mas antes eu tenho que ser órfão. A regra é essa."

"E você disse: *Tudo bem, vou rejeitar meus pais e dizer que sou órfão*, só por causa do futebol?"

"Não, eu não disse isso. Eu disse: *Por que a regra é essa?* E ele falou: *Porque sim.*"

"Foi só isso que ele falou, *porque sim?*"

"Ele disse que se não tivesse regra nenhuma todo mundo ia querer jogar no time deles porque eles são muito bons."

"Eles não são bons, só são grandes e fortes. O que mais o dr. Fabricante disse?"

"Eu disse que sou uma exceção. E ele disse que se todo mundo é uma exceção as regras não funcionam. Que a vida é como um jogo de futebol, tem que seguir as regras. Ele é igual você. Não entende nada."

"Bom, se o dr. Fabricante não entende nada e o time dele é só um bando de valentões, por que você quer ir morar com ele no orfanato? Só para poder jogar num time vencedor?"

"O que tem de errado em vencer?"

"Não tem nada de errado em vencer. Nem em perder. O fato é que, no geral, eu diria que é melhor estar com os perdedores do que com gente que quer vencer a qualquer custo."

"Eu quero vencer. Quero vencer a qualquer custo."

"Você é uma criança. Sua experiência é limitada. Ainda não teve a chance de ver o que acontece com gente que quer vencer a qualquer custo. Viram valentões e tiranos, quase todos."

"Não é justo! Quando eu falo alguma coisa que você não gosta, você diz que sou criança, então o que eu digo não vale. Só vale se eu concordar com você. Por que eu tenho que concordar com você sempre? Eu não quero falar igual você e não quero ser igual a você! Eu quero ser o que eu quiser!"

O que está por trás dessa explosão? O que Fabricante andou dizendo pro menino? Ele tenta chamar a atenção de Inés, mas ela está com os olhos fixos na estrada.

"Nós ainda estamos esperando a resposta", diz ele. "Além do futebol, por que você quer ir pro orfanato?"

"Você nunca me escuta", diz o menino. "Você não escuta, por isso não entende. Não tem um porquê."

"Então o dr. Fabricante não entende, eu não entendo e não tem um porquê. Quem, além de você, entende? A Inés entende? Você entende, Inés?"

Inés não responde. Ela não ficará do lado dele.

"Na minha opinião, rapazinho, é você que não entende", ele insiste. "Levou uma vida muito fácil até agora. Sua mãe e eu temos feito todas as suas vontades, como não acontece com nenhuma criança normal, porque nós reconhecemos que você é excepcional. Mas começo a duvidar que você entenda o que significa ser excepcional. Ao contrário do que você imagina, não quer dizer que você tem liberdade para fazer tudo o que quiser. Não quer dizer que pode ignorar as regras. Você gosta de jogar futebol, mas se ignorar as regras do futebol o juiz vai mandá-lo para fora de campo, e com razão. Ninguém está acima da lei. Não existe essa coisa de ser exceção a qualquer regra. A exceção universal é uma contradição de termos. Não faz nenhum sentido."

"Eu contei pro dr. Julio sobre você e a Inés. Ele sabe que vocês não são meus pais de verdade."

"O que você fala pro dr. Julio não tem nenhuma importância. O dr. Julio não pode tirar você de nós. Ele não tem esse poder."

"Ele diz que se as pessoas estão fazendo coisas ruins pra mim ele pode me dar abrigo. Coisas ruins são uma exceção. Se as pessoas fazem coisas ruins pra você, você pode se refugiar no orfanato dele, seja quem for."

"O que quer dizer isso?", Inés pergunta, ao falar pela primeira vez. "Quem está fazendo coisas ruins pra você?"

"O dr. Julio disse que o orfanato dele é uma ilha de refúgio. Qualquer um que seja uma vítima pode ir para lá que ele vai proteger."

"Quem está fazendo coisas ruins pra você?", Inés pergunta outra vez.

O menino se cala.

Inés diminui a marcha do carro, para ao lado da via.

"Responda, David", diz ela. "Você disse pro dr. Julio que nós estamos fazendo coisas ruins pra você?"

"Não tenho resposta. Criança não precisa responder."

Ele, Simón, fala. "Eu estou confuso. Você falou ou não falou pro dr. Julio que a Inés e eu fazemos coisas ruins pra você?"

"Não tenho que falar."

"Não entendo. Não tem de falar pra mim ou não tem de falar pro dr. Julio?"

"Não tenho que falar pra ninguém. Posso ir pro orfanato dele e ele vai me dar refúgio. Não tenho que dizer por quê. Essa é a filosofia dele. Não tem um porquê."

"Filosofia dele! Você sabe o que essas palavras significam, *cosas malas*, coisas ruins, tudo que elas insinuam, ou você só pega essas palavras como pedras e as arremessa por aí para ferir as pessoas?"

"Não tenho que falar. Você sabe."

Inés fala de novo. "O que o Simón sabe, David? O Simón andou fazendo alguma coisa pra você?"

É como se ele recebesse um golpe. Do nada, abre-se um abismo entre ele e Inés.

"Dê meia-volta no carro, Inés", ele diz. "Temos de confrontar esse homem. Não podemos permitir que ele derrame veneno no ouvido do menino."

Inés fala. "Responda, David. É um assunto sério. Simón andou fazendo alguma coisa pra você?"

"Não."

"Não? Ele não fez nada pra você? Então por que está fazendo essas acusações?"

"Não vou explicar. Criança não tem que explicar. Você quer que eu obedeça às regras. Essa é a regra."

"Se Simón sair do carro você me conta?"

O menino não responde. Ele, Simón, desce do carro. Estão perto de uma ponte que liga a parte sudeste da cidade à parte sudoeste. Ele se debruça sobre um parapeito acima do rio. Uma garça solitária em cima de uma pedra lá embaixo o ignora. Que manhã! Primeiro, o arremedo de jogo de futebol, agora essa acusação descuidada, destrutiva do menino. *Não tenho que falar o que você fez. Você sabe.* O que ele fez? Ele nunca tocou um dedo impuro no menino, nunca teve nenhum pensamento impuro.

Ele toca no carro. Inés baixa o vidro. "Podemos voltar ao orfanato?", ele pergunta. "Preciso falar com esse homem desgraçado."

"Estamos no meio de uma conversa, o David e eu", diz Inés. "Respondo quando a gente terminar."

A garça voou. Ele desce pelo barranco, ajoelha-se, bebe.

Então, da ponte acima, David acena e chama: "Simón! O que você está fazendo?".

"Bebendo água." Ele se ergue. "David", ele diz, "você com certeza sabe que isso não é verdade. Como pode achar que eu faria mal a você?"

"As coisas não precisam ser verdade para ser verdade. Você só fala: É verdade? É verdade? Por isso que você não gosta do Dom Quixote. Você acha que ele não é de verdade."

"Eu gosto, sim, do Dom Quixote. Mesmo ele não sendo de verdade. Só não gosto dele do mesmo jeito que você. Mas o que o Dom Quixote tem a ver com tudo isso — com essa confusão?"

O menino não responde, mas lança um olhar divertido, insolente.

Ele volta pro carro, fala com Inés com toda a calma possível. "Antes que você faça alguma coisa precipitada, pense no que ouviu. O David diz que porque é criança não tem de seguir o mesmo critério de verdade das outras pessoas. Então tem liberdade para inventar histórias... sobre mim, sobre qualquer um no mundo. Pense nisso. Pense nisso e tome cuidado. Amanhã ele poderá inventar histórias sobre você."

Inés olha fixamente para a frente. "O que você quer que eu faça?", ela pergunta. "Perdi uma manhã inteira vendo futebol. Tenho coisas pra fazer na loja. O David precisa tomar um banho quente, vestir roupa limpa. Se você quer que eu te leve de volta ao orfanato pra tomar satisfações com o dr. Fabricante, diga. Mas nesse caso vai ter de voltar por conta própria pra casa. Não vou esperar. Então me diga o que quer."

Ele pensa. "Vamos pra casa", diz. "Na segunda eu faço uma visita ao dr. Fabricante."

5.

Na manhã de segunda, logo cedo, ele telefona para o orfanato e marca uma reunião com o diretor. Como Inés vai usar o carro, ele tem de ir até lá na pesada bicicleta usada nas entregas, o que leva bem uma hora, depois tomar um chá de cadeira numa sala de espera sob o olhar da formidável secretária-guardiã de Fabricante.

Por fim, é recebido na sala do diretor. Fabricante aperta sua mão, oferece uma cadeira. O sol que entra pela janela expõe os pés de galinha em torno dos olhos de Fabricante; seu cabelo, escovado com firmeza para trás, é tão inacreditavelmente preto que deve ser tingido. Mesmo assim, tem um aspecto bem-disposto e irradia uma energia palpável.

"Obrigado por ter assistido ao jogo", ele diz. "Nossas crianças não estão acostumadas com espectadores. Pela natureza das coisas, não têm famílias para torcer por elas. E agora, sem dúvida, o senhor gostaria de saber como o jovem David vai se juntar a nós."

"Na verdade, señor Julio", ele responde, mantendo sua posição, "não é por isso que estou aqui. Estou aqui para responder a uma acusação que foi feita contra mim, pessoalmente, uma acusação na qual deve haver o dedo do senhor. Deve saber do que estou falando."

O dr. Fabricante se encosta, cruza as mãos sob o queixo. "Sinto muito que tenha chegado a esse ponto, señor Simón. Mas o David não é a primeira pessoa que me procura em busca de proteção e o senhor não é o primeiro adulto que tenho de confrontar em meu papel de protetor. Vá em frente, fale."

"Quando foi ao parque no outro dia, o senhor fingiu que estava lá para ver um jogo de futebol. Mas, na verdade, estava à procura de recrutas para este seu orfanato. Estava em busca de crianças impressionáveis como o David, que pudesse atrair para essa visão romântica do que é ser órfão."

"Absurdo. Não tem nada romântico em ser órfão. Longe disso. Mas continue."

"O caráter romântico ao qual me refiro, que algumas crianças acham cativante, é que seus pais não são seus pais verdadeiros, que seus pais verdadeiros são reis e rainhas, ou ciganos, ou acrobatas de circo. O senhor procura crianças vulneráveis e provém a elas histórias assim. Diz a elas que, se denunciarem os pais e fugirem de casa, podem ser recebidas aqui. Por quê? Por que espalha essas mentiras ofensivas? O David nunca sofreu abuso. Ele nem conhecia a palavra até o senhor aparecer."

"Não é preciso conhecer a palavra para ser abusado", diz o dr. Fabricante. "Pode-se morrer sem saber o nome do que nos matou. Angina pectoris. Belladonna."

Ele se levanta. "Não vim até aqui para debater. Vim para dizer que o senhor não vai tirar David de nós. Vou enfrentar o senhor a cada passo, e a mãe dele também vai."

O dr. Fabricante também se levanta. "Señor Simón, o senhor não é o primeiro a vir aqui me ameaçar e não será o último. Mas tenho certas obrigações que me foram impostas pela sociedade, das quais a primeira é oferecer refúgio a crianças negligenciadas que sofreram abuso. O senhor diz que vai lutar para manter o David. Mas, me corrija se estou errado, o senhor não é o pai natural do David, nem sua esposa é a mãe natural dele. Sendo assim, sua posição aos olhos da lei pode ser precária. Não digo mais nada."

Depois da morte de Ana Magdalena, a segunda esposa do señor Arroyo, três anos antes, e do escândalo que o acontecimento provocou, a Academia passou por maus momentos. Metade dos alunos foi afastada pelos pais; não havia como pagar o salário dos funcionários. Ele, Simón, estava entre um punhado de otimistas que apoiou o señor Arroyo em sua batalha para salvar o barco.

Se os boatos que chegam a ele via Inés e suas colegas da Modas Modernas merecerem algum crédito, a Academia resistiu à tempestade e até começou, remodelada como escola de música, a prosperar. Um grupo essencial de estudantes, sobretudo de cidades do interior, mora no local e recebe ali educação completa. Mas a maior parte dos alunos da Academia vem das escolas públicas de Estrella, e só assistem às aulas de música. Teoria musical e composição são dadas pelo próprio Arroyo; para as lições de canto e dos vários instrumentos, ele trouxe professores especializados. Ainda há aulas de dança, mas a dança não é mais a missão central da Academia.

Ele, Simón, tem o mais profundo respeito pela proficiência musical de Arroyo. Se Arroyo é pouco valorizado em Estrella, é porque Estrella é uma sonolenta cidade provinciana com uma exígua vida cultural. Quanto à filosofia musical arroyana, que invoca a alta matemática e trata a música feita por mãos humanas como, na melhor das hipóteses, um eco débil da música das esferas, ele nunca conseguiu compreendê-la. Mas pelo menos é uma filosofia coerente e David não sofreu nenhum dano ao ser exposto a ela.

Do dr. Fabricante e seu orfanato, ele segue diretamente para a Academia, para a sala de Arroyo. Arroyo o recebe com a cortesia de sempre, oferece-lhe café.

"Juan Sebastián, eu serei breve", diz. "O David nos informou que quer sair de casa. Resolveu que o lugar dele é entre os órfãos do mundo — a palavra *huérfano* sempre foi atraente pra ele. Quem encorajou essa bobagem romântica foi um certo dr. Julio Fabricante, que se diz educador e dirige um orfanato na zona leste da cidade. Você por acaso conhece esse homem?"

"Conheço. Ele é favorável à educação prática, inimigo do aprendizado por meio de livros, que despreza abertamente. Ele tem no orfanato uma escola onde os meninos aprendem os rudimentos da leitura, da escrita e das operações antes de serem treinados como carpinteiros, encanadores, padeiros, coisas desse tipo. Que mais? Ele foca em disciplina, formação do caráter, esportes em grupo. O orfanato tem um coral que ganha prêmios. O próprio Fabricante tem seus admiradores na câmara municipal. Eles o consideram um homem promissor, um homem do futuro. Mas nunca o conheci pessoalmente."

"Bom, o dr. Fabricante conseguiu influenciar o David com a promessa de uma vaga no time de futebol do orfanato. Vou direto ao ponto. Se o David sair de casa e mudar para o orfanato do Fabricante, vai ter de abandonar as aulas aqui na Academia. É muito longe para ir e voltar todo dia, e de qualquer forma não acho que o Fabricante vá permitir."

Arroyo ergue a mão para interrompê-lo. "Antes que continue, Simón, deixe eu confessar uma coisa. Conheço muito bem a atração do seu filho pela orfandade. Na verdade, ele me pediu, indiretamente, que falasse com você a respeito. Ele diz que você não consegue ou não quer entender."

"Confesso sinceramente o crime de não entender. Além dessa atração pela orfandade, há muitas coisas a respeito do David que são obscuras pra mim. Por exemplo, é obscuro pra mim por que uma criança tão difícil de entender foi confiada a um guardião com uma capacidade de compreensão tão limitada. Me refiro a mim mesmo, mas devo logo acrescentar que Inés está tão perplexa quanto eu. O David teria se dado melhor se ficasse com seus pais naturais. Mas ele não tem pais naturais. Só tem a nós dois, deficientes como somos; pais por escolha."

"Você acredita que os pais naturais entenderiam melhor o menino?"

"Pelo menos seriam feitos da mesma substância que ele, do mesmo sangue. Inés e eu somos apenas gente comum, despreparados para lidar com isso, confiamos no poder do amor, quando está claro que o amor não é suficiente."

"Então se você e o David tivessem o mesmo sangue você acharia mais fácil entender por que ele quer sair de casa e ir morar num orfanato na zona leste... é isso que está dizendo?"

Estaria Arroyo caçoando dele? "Tenho plena consciência", ele responde, duro, "que não é justo querer que um filho retribua o amor dos pais. Tenho consciência também de que, ao crescer, um filho pode começar a achar sufocantes os laços familiares. Mas o David tem dez anos. Dez anos é excepcionalmente cedo pra querer sair de casa. É uma idade precoce e vulnerável. Não gosto do dr. Fabricante. Não confio nele. Ele falou mal de mim para o David, de um jeito que não consigo nem repetir. Não acredito que seja a pessoa certa para conduzir o desenvolvimento moral de uma criança. Também não acredito que as crianças do orfanato sejam boa companhia para o David. Vi como jogam futebol. São brutos. Vencem o jogo intimidando os oponentes. Os mais novos imitam os mais velhos e o dr. Fabricante não faz nada pra coibir isso."

"Então você não confia no dr. Fabricante e teme que os órfãos transformem o David num valentão e num selvagem. Mas pense bem, e se acontecer o contrário? Se o David vier a amansar os selvagens do Fabricante, transformar todos em cidadãos modelo, gentis, bem-comportados, obedientes?"

"Não caçoe de mim, Juan Sebastián. Tem crianças de quinze, dezesseis anos no orfanato, meninos e meninas, talvez até mais velhos. Eles não vão aceitar orientações de um menino de dez anos. Vão abusar dele. Vão corromper o menino."

"Bom, você conhece esse orfanato melhor do que eu. Nunca estive lá. Acho que cheguei ao limite da minha utilidade, Simón. O melhor conselho que posso dar a você é sentar com o David e discutir a situação em que vocês se encontram, sem omitir a sua posição, a posição do pai abandonado, cheio de dor e confusão, talvez de raiva também."

Ele se levanta, mas Arroyo o detém. "Simón, deixe eu dizer uma última coisa. Seu filho tem um senso de dever, de obrigação, que não é comum num menino de dez anos. É por isso, em parte, que ele é excepcional. Ele não quer ir viver no orfanato porque acha romântica a ideia de ser órfão. Você está errado quanto a isso. Seja qual for a razão dele, e talvez não haja nenhuma razão, ele sente um certo dever em relação aos órfãos do Fabricante, aos órfãos em geral, aos órfãos do mundo. Pelo menos, é o que ele me diz e eu acredito nele."

"É o que ele diz pra você. Por que ele não diz isso pra mim?"

"Porque, com ou sem razão, ele sente que você não vai entender. Não vai se solidarizar."

6.

Hora do jantar, mas nem sinal de David. Ele, Simón, está a ponto de ir em busca da ovelha desgarrada quando a ovelha desgarrada aparece. Seus sapatos têm uma crosta de lama, há lama na roupa, a camisa está rasgada.

"O que aconteceu com você?", Inés pergunta. "A gente estava morrendo de preocupação."

"Minha bicicleta quebrou", diz o menino. "Tive de vir andando."

"Bom, tome um banho e ponha o pijama enquanto esquento a comida no forno."

Durante o jantar, eles tentam obter mais esclarecimentos. O menino, porém, devora a comida, se recusa a falar, depois se retira para seu quarto e bate a porta.

"Por que ele está tão mal-humorado?", Simón murmura para Inés.

Ela dá de ombros.

Quando amanhece, ele visita o barracão para inspecionar a bicicleta quebrada, mas não há bicicleta. Ele bate na porta de Inés. "A bicicleta do David desapareceu", diz.

"A roupa dele está com cheiro de fumaça de cigarro", diz Inés. "Dez anos e está fumando. Não estou gostando nem um pouco. Preciso sair agora. Quando ele acordar, quero que você tenha uma conversa com ele."

Hesitante, Simón abre a porta do quarto do menino. Está estendido na cama em sono profundo. Há manchas de lama no cabelo, terra sob as unhas. Ele pega seu ombro, sacode devagar. "Hora de acordar", sussurra. O menino dá um gemido e vira para o outro lado.

Ele cheira as roupas largadas no banheiro. Inés tem razão: estão fedendo a cigarro.

Passa das dez quando o menino emerge, esfregando os olhos.

"Pode explicar o que aconteceu ontem de noite?", ele, Simón, pergunta. "Comece explicando onde está a sua bicicleta."

"A roda entortou, então não dava para pedalar."

"Onde está a bicicleta?"

"No orfanato."

Assim, passo a passo, a história ganha forma. David tinha ido ao orfanato para jogar futebol. No orfanato, um dos meninos mais velhos tomou dele a bicicleta e pedalou até uma vala, entortando a roda da frente. David abandonou a bicicleta e voltou a pé para casa, no escuro.

"Você foi jogar futebol, alguém quebrou a sua bicicleta e você voltou a pé pra casa. É essa a história toda? Me contou tudo? David, você nunca mentiu pra nós. Por favor, não comece agora. Você andou fumando. Nós sentimos o cheiro na sua roupa, a Inés e eu."

Mais partes da história vêm à tona. Depois do futebol, as crianças do orfanato fizeram uma fogueira para assar rãs e peixes que pegaram no rio. Os mais velhos, tanto meninos como meninas, fumavam cigarros e bebiam vinho. Ele, David, não fumou nem bebeu. Ele não gosta de vinho.

"Acha que é uma boa ideia um menino de dez anos ficar junto com meninos e meninas muito mais velhos, que fumam, bebem e fazem sabe-se lá o que mais?"

"O que mais eles fazem?"

"Deixe pra lá. Os seus amigos aqui dos apartamentos não te bastam? Por que você precisa ir até o orfanato?"

Até esse ponto, David respondeu ao interrogatório com docilidade. Mas agora reage. "Você odeia órfãos! Acha que eles são ruins! Você quer que eu seja o que *você* acha que eu sou, não quer que eu seja quem *eu* acho que eu sou."

"E quem você acha que é?"

"Eu sou quem eu sou!"

"Você é quem é até um menino maior tomar sua bicicleta. Aí você é apenas um menino de dez anos desamparado. Eu nunca disse que as crianças do orfanato eram ruins. Não existe criança ruim. Crianças são todas iguais, mais ou menos. A não ser na idade. Um menino de dez anos não é igual a um menino de dezesseis anos de um orfanato onde as regras são tão frouxas que as crianças fumam e bebem com impunidade."

"O que é impunidade?"

"Sem serem punidas. Sem serem punidas pelo dr. Julio."

"Você odeia o dr. Julio."

"Eu não odeio o dr. Julio, mas também não gosto dele. Acho que ele é arrogante e vaidoso. Também não acredito que seja um bom educador. Acho que ele tem os próprios motivos pra querer você no orfanato, motivos que não são visíveis pra você porque você tem muito pouca experiência do mundo."

"Você não gostava do Dmitri e agora não gosta do dr. Julio! Você não gosta de ninguém que tem um coração grande!"

Dmitri! Ele achava que o menino tinha esquecido de Dmitri, o monstro que estrangulou a sra. Arroyo, foi considerado louco e está trancafiado desde então.

"O Dmitri não tinha coração grande, David, longe disso. O Dmitri era uma má pessoa sob todos os aspectos, com o coração mais sinistro. Quanto ao dr. Julio, as razões por que você quer ir atrás dele são um mistério total pra mim."

"Eu não tenho razões e não estou seguindo o dr. Julio. Não tenho razões pra nada. É você que tem razões."

Ele se levanta e se afasta da mesa. Já tiveram essa discussão muitas vezes antes, ele e o menino. Ele não aguenta mais. "Sua mãe e eu resolvemos que você tem de parar de visitar o orfanato do dr. Fabricante. Fim de papo."

Quando Inés volta para casa, ele faz seu relatório. "Tive uma conversa com o David. Ele diz que estava com meninos mais velhos que fumavam. Que ele mesmo não fumou. Eu acredito nele. Mas disse a ele que acabaram as visitas ao orfanato."

Inés balança a cabeça, distraída. "Ele devia ter ido pra uma escola normal desde o começo. Aí nada dessa história de orfanato teria acontecido."

A escola normal a que David devia ter ido: essa é outra discussão que ele enfrentou inúmeras vezes. Ele e Inés estão há cinco anos juntos, tempo suficiente para estarem fartos um do outro. Inés não é o tipo de mulher que ele escolheria se tivesse tido liberdade para escolher, assim como ele não é o tipo de homem que ela escolheria se estivesse interessada em homens. Mas ela é a mãe do menino, em certo sentido, assim como ele é o pai do menino, em certo sentido, portanto em certo sentido eles não podem se separar.

Quanto ao menino, ele é novo e inquieto. Não é de surpreender que seja impaciente com a rotina da vida no prédio de apartamentos, ou que esteja pronto para sair de casa, abandonar os pais e mergulhar na exótica vida nova de um órfão.

Como Inés e ele deveriam reagir: proibir todo contato com o orfanato ou deixar o menino livre para voar e viver sua aventura, na esperança de que mais cedo ou mais tarde ele volte ao ninho, desiludido? Sua tendência é pela última hipótese; mas será que Inés vai se convencer de que deve deixar seu filho ir?

Ele é despertado por uma batida insistente na porta. São seis e meia; o sol ainda não nasceu.

É o homem de macacão azul, motorista do orfanato. "Bom dia, vim buscar o rapaz."

"O David? Veio buscar o David?"

Há um ruído na escada e o próprio David aparece, com a mochila nas costas, arrastando uma das grandes sacolas de compras de Inés.

"O que está acontecendo?", pergunta ele, Simón.

"Vou pro orfanato."

Então Inés aparece, de penhoar, o cabelo despenteado. "Por que esse homem está aqui?", ela pergunta.

"Eu vou para o orfanato", o menino repete.

"Não vai coisa nenhuma!"

Ela tenta pegar a sacola das mãos dele, mas ele recua. "Me deixa em paz, não encosta em mim!", ele grita. "Você não é minha mãe!"

Ele, Simón, dirige-se ao motorista. "O senhor tem de ir embora. Houve um mal-entendido, o David não vai para o orfanato."

"Eu *vou*!", o menino grita. "Você não é meu pai! Não pode me dizer o que fazer!"

"Anda, vá!", ele repete ao motorista. "Vamos resolver isso entre nós."

O motorista se afasta, com um encolher de ombros.

"Agora vamos subir e conversar com calma", ele diz.

Com uma expressão de pedra, o menino entrega a sacola. Os três sobem a escada até o apartamento de Inés, onde ele se retira para seu quarto e bate a porta.

Inés esvazia a sacola no chão: roupas, sapatos, *Dom Quixote*, dois pacotes de biscoito, uma lata de pêssegos e um abridor de latas.

"O que a gente deve fazer?", ele pergunta. "Não podemos prender o menino."

"Do lado de quem você está?", Inés pergunta.

"Estou do seu lado. Estamos juntos nisso."

"Então encontre uma solução."

Não podemos prender o menino. No entanto, quando Inés sai para o trabalho, ele se instala no sofá, vigiando.

Ele fecha os olhos. Quando abre de novo, a porta do quarto do menino está aberta e o menino se foi.

Ele telefona para Inés. "Eu dormi e o David fugiu", diz. "Sinto muito."

"Você deixou ele fugir e agora sente muito? Você está sempre se desculpando. O homem-desculpas. Desculpa não adianta nada, Simón. Vá buscar o David de volta."

"Não vou fazer isso, Inés. Ele se decidiu. Ele se decidiu. Deixe ele experimentar como é a vida num orfanato. Quando aprender a lição, ele volta."

Há um longo silêncio.

"É tudo culpa sua, do começo ao fim", Inés diz, afinal. "Foi você que trouxe esse homem, esse Fabricante, para a nossa casa. Você é que é fraco demais pra enfrentar o menino, você é que sempre cede e deixa ele fazer o que quer. Se você se recusar a ir buscar o David, se me forçar a fazer isso, está tudo acabado entre nós. Está entendendo?"

"Entendo o que você diz. Entendo que esteja aborrecida. Mas não concordo com você a respeito do David. Eu acho, neste caso, que a gente deve deixar ele ir."

"Então, a responsabilidade é sua."

7.

Chega o sábado e ele vai de bicicleta ao orfanato a tempo da partida de futebol. Mas o terreno do orfanato está deserto.

Na sala de recreação, ele encontra três meninas jogando tênis de mesa.

"Não tem futebol hoje?", ele pergunta.

"Vão jogar em outro lugar", uma das meninas responde.

"Sabe onde?"

Ela balança a cabeça. "A gente não gosta de futebol."

"Conhecem um menino chamado David que veio para o orfanato recentemente?"

As meninas trocam um olhar, riem. "É, a gente conhece."

"Vou escrever um recado que quero que entreguem pra ele quando voltar. Podem fazer isso?"

"Claro."

Num pedaço de papel, ele escreve: *Vim fazer uma visita hoje de manhã com a esperança de ver seu time em ação, mas não tive sorte. Vou tentar de novo sábado que vem. Me diga se precisar de alguma coisa de casa. Inés manda lembranças. Bolívar sente sua falta. Com amor, Simón.*

Ele não sabe se Inés manda mesmo lembranças. Desde que o menino saiu, ela está numa fúria fria, se recusando a falar com ele.

Os dias passam devagar. Ele dança bastante sozinho no apartamento. Isso o eleva a um estado agradável de mente vazia; e quando se cansa, consegue dormir. *Bom para o coração, bom para a alma,* ele diz a si mesmo ao afundar no escuro. *Sem dúvida, melhor que beber.*

As tardes, as tardes vazias, é que são a pior parte. Ele leva o cachorro para passear, mas evita os jogos de futebol no parque e as perguntas curiosas dos meninos (*O que aconteceu com o David? Quando ele volta?*). Bolívar está ficando velho demais para passeios longos, então geralmente eles se acomodam juntos, ele e o cachorro, no pequeno jardim de pedra da esquina, cochilando, matando o tempo.

Com o David longe, ele reflete, *o Bolívar é tudo o que resta para manter nossa pequena família unida. É a isso que Inés e eu estamos reduzidos: ser pais de um cachorro velho?*

Chega o sábado. De novo ele vai de bicicleta ao orfanato. O jogo de futebol já começou. Os órfãos enfrentam um time de camisas listradas de preto e branco que é claramente mais hábil e bem treinado do que era o irregular bando de inocentes do prédio de apartamentos. Enquanto ele se junta a um grupo de adultos que assiste da lateral, três jogadores do time de preto e branco fazem uma série de passes que deixa a defesa perdida e quase marcam um gol.

David, que joga na ponta, está elegante com a camisa azul e o número 9 nas costas.

"Contra quem estamos jogando?", ele pergunta a um rapaz a seu lado.

O rapaz devolve um olhar estranho. "Los Halcones. O time do orfanato."

"E o placar?"

"Nenhum gol até agora."

Os de preto e branco são hábeis em manter a posse da bola. Repetidas vezes os meninos do orfanato partem para cima, mas são ludibriados. Há um momento feio em que um dos jogadores de preto e branco é atacado e cai. O dr. Fabricante, como juiz, usa palavras duras com o rapaz que cometeu a falta.

Pouco antes do intervalo, um centroavante de preto e branco atrai o goleiro para fora, depois calmamente chuta a bola por cima de sua cabeça para dentro do gol.

Durante o intervalo, o dr. Fabricante reúne os órfãos no meio do campo e passa uma clara impressão de estar orientando os rapazes sobre qual estratégia seguir para o segundo tempo. Parece estranho a ele, Simón, que o juiz aja como treinador de um dos times, mas aparentemente ninguém se importa.

No segundo tempo, David joga no lado do campo onde ele está assistindo. Simón consegue, portanto, acompanhar com clareza a única vez que a bola chega ao menino no espaço aberto. Com facilidade, ele passa por um jogador da defesa, por um segundo. Mas então, com o caminho do gol aberto à sua frente, ele tropeça nos próprios pés e cai de cara no chão. Uma onda de riso percorre os espectadores.

O jogo termina com a vitória dos de preto e branco. Em silêncio, cabeça baixa, os Los Halcones deixam o campo.

Simón alcança David quando ele está para desaparecer no vestiário. "Jogou bem, meu menino", diz. "Tem algum recado pra sua mãe? Ela está chateada, sabe, de você não voltar pra casa."

David se vira para ele com um sorriso que ele só pode considerar gentil. "Obrigado por ter vindo, Simón, mas não venha de novo. Tem de me deixar fazer o que eu tenho de fazer."

8.

O aspecto do orfanato que mais o intriga é a escola. Por que o dr. Fabricante tem uma escola autônoma se poderia facilmente mandar seus alunos para escolas públicas? Não pode haver mais de duzentas crianças no orfanato. Não faz sentido contratar professores e manter aulas para tão poucos alunos, alguns com apenas cinco anos, alguns com idade quase suficiente para sair para o mundo — quer dizer, não faz sentido a menos que o tipo de ensino que Fabricante deseja para seus órfãos seja radicalmente diferente do que as escolas públicas oferecem. Arroyo chamou Fabricante de inimigo do aprendizado por meio de livros. E se ele se mostrar inimigo de *Dom Quixote*? Será que David vai se submeter a ser preparado para uma vida sem aventura, uma vida como encanador?

Passam-se semanas sem notícias do orfanato. Por fim, exasperada pela inação dele, Inés bate na porta. "Isso já foi longe demais", ela anuncia. "Eu vou buscar o David no orfanato. Você está comigo ou contra mim?"

"Com você, sempre", ele responde.

"Então vem."

Sem ninguém para orientar, levam um tempo até localizar a classe, que, acabam descobrindo, fica num prédio isolado, com longos corredores a céu aberto de ambos os lados. Em qual classe está David? Ele bate numa porta ao acaso e entra. A professora, uma jovem, para no meio do gesto e fuzila os dois. "Pois não?", ela pergunta.

David não está entre as crianças sentadas com postura ereta e em silêncio em suas carteiras. "Desculpe", ele diz. "Sala errada."

Batem numa segunda porta, entram no que parece uma oficina com longas bancadas em vez de carteiras e ferramentas de marcenaria nas paredes. As crianças, todos meninos, interrompem suas tarefas e encaram os intrusos. Um homem de guarda-pó, evidentemente o professor, avança. "Posso perguntar o que desejam?"

"Desculpe interromper. Estamos procurando um menino chamado David que entrou na escola há pouco tempo."

"Somos os pais dele", diz Inés. "Viemos levar David para casa."

"Isto aqui é Las Manos, señora", diz o professor. "Ninguém aqui tem pais."

"Las Manos não é lugar para o David", diz Inés. "O lugar dele é em casa, conosco. Me diga onde encontrar o menino."

O professor dá de ombros e vira as costas para eles.

"Ele está na classe da señora Gabriela", grita uma das crianças. "A última sala do lado de cá."

"Obrigada", diz Inés.

Dessa vez, é Inés quem empurra a porta, antes dele. Ambos veem David imediatamente, no meio da primeira fileira, de uniforme azul, como todas as outras crianças. Ele não demonstra surpresa ao vê-los.

"Vamos, David", diz Inés. "Hora de se despedir deste lugar. Hora de voltar pra casa."

David balança a cabeça. Um murmúrio percorre a sala.

A professora, señora Gabriela, uma mulher de meia-idade, fala. "Por favor, saiam da sala imediatamente", ela diz. "Se não saírem, vou ser obrigada a chamar o diretor."

"Chame o seu diretor", diz Inés. "Eu gostaria de dizer na cara dele o que penso dele. Venha, David."

"Não", diz o menino.

"Me explique, David: quem são essas pessoas?", diz a señora Gabriela.

"Eu não sei quem são", diz o menino.

"Que absurdo", diz Inés. "Somos os pais dele. Faça o que eu digo, David. Tire esse uniforme feio e venha."

O menino não se mexe. Inés agarra seu braço e o força a ficar de pé.

Com um movimento furioso, ele se liberta. "Não me toque, mulher!", ele grita, fuzilando-a com o olhar.

"Não ouse falar assim comigo!", diz Inés. "Eu sou sua mãe!"

"Não é! Eu não sou seu filho! Não sou filho de ninguém! Eu sou órfão!"

A señora Gabriela se interpõe. "Señor, señora, basta! Por favor, saiam imediatamente. Já perturbaram o bastante. David, sente-se e se comporte. Crianças, voltem para seus lugares."

Não há mais nada a fazer. "Venha, Inés", ele sussurra e a leva para fora.

Depois do infame fracasso em recuperar o menino, Inés declara que não terá mais nada a ver com eles, nem com David, nem com ele, Simón. "De agora em diante, vou viver minha própria vida." Ele baixa a cabeça em silêncio e se retira.

Passa o tempo. Então, uma manhã, cedo, alguém bate na porta. É Inés. "Me ligaram do orfanato. Aconteceu alguma coisa com o David. Ele está na enfermaria. Querem que a gente vá buscá-lo. Quer ir junto? Se não, eu vou sozinha."

"Eu vou."

A enfermaria fica bem longe dos prédios principais. Eles entram e encontram David sentado numa cadeira de rodas junto à porta, completamente vestido, a mochila no colo, com aspecto pálido e abatido. Inés lhe dá um beijo na testa, que ele aceita, distraído. Ele, Simón, tenta abraçá-lo, mas é empurrado.

"O que aconteceu com você?", Inés pergunta.

O menino fica quieto.

Uma enfermeira se materializa. "Boa tarde, os senhores devem ser os guardiões do David, de quem ele tanto fala. Eu sou a irmã Luisa. O David passou por uns maus bocados, mas foi muito valente, não foi, David?"

O menino a ignora.

"O que está acontecendo?", Inés pergunta. "Por que eu não fui informada?"

Antes que a irmã Luisa possa responder, o menino interrompe. "Quero ir. Podemos ir embora?"

Inés marcha furiosa à frente, ele e a irmã Luisa empurram a cadeira pelo local, passam diante de grupos de crianças curiosas. "Tchau, David!", grita uma delas.

Inés segura a porta do carro aberta. Um de cada lado, ele e a irmã Luisa erguem o menino e o acomodam no banco de trás. Ele se submete como um brinquedo quebrado.

Ele, Simón, vira-se e encara a irmã Luisa. "Então, é isso? Nenhuma explicação? Estão mandando o David para casa porque ele não está à altura de vocês, da sua instituição? Ou vocês esperam que a gente cure o menino e o traga de volta? O que aconteceu com ele? Por que não consegue andar?"

"Tenho que cuidar de toda uma enfermaria sozinha, sem nenhuma ajuda", diz irmã Luisa. "O David é um ótimo rapaz e logo vai estar bom de novo, mas precisa de cuidados especiais e eu não tenho tempo para isso."

"E o seu diretor, seu dr. Fabricante, sabe disso ou a senhora está se livrando do David por iniciativa própria, porque está ocupada demais pra cuidar dele? Pergunto de novo: o que aconteceu com ele?"

"Eu caí", diz o menino, do banco de trás do carro. "A gente estava jogando futebol e eu caí. Só isso."

"Quebrou algum osso?"

"Não", diz o menino. "A gente pode ir agora?"

"Ele passou pelo médico", diz a irmã Luisa. "Duas vezes. Tem uma inflamação geral nas juntas. O médico deu uma injeção para diminuir o inchaço, mas não fez efeito."

"Então é isso que o orfanato de vocês faz com as crianças", diz Inés. "Tem nome, essa doença para a qual ele recebeu uma injeção?"

"Não é uma doença, é uma inflamação das juntas", diz a irmã Luisa. "Inflamações não são incomuns em crianças em fase de crescimento."

"Isso é bobagem", diz Inés. "Nunca ouvi falar de uma criança crescer tão depressa que não consegue andar com as próprias pernas. É um escândalo o que vocês fizeram com ele."

Irmã Luisa encolhe os ombros. Está frio, ela quer voltar para a enfermaria acolhedora. "Até logo, David", ela diz e acena pela janela.

Curiosas, as crianças do orfanato se juntam em torno do carro, acenam enquanto eles se afastam.

"Agora você tem de falar, David", diz Inés. "Comece do começo. Conte pra gente o que aconteceu."

"Não tem nada pra contar. A gente estava no meio de um jogo, eu caí e não consegui me levantar, então me levaram pra enfermaria. Acharam que eu tinha quebrado a perna, mas o médico veio e disse que não estava quebrada."

"Sentiu dor?"

"Não. A dor vem de noite."

"E então? Conte o que aconteceu depois."

Ele, Simón, intervém. "Basta por agora, Inés. Amanhã levamos o David ao médico, um médico de verdade, e teremos um diagnóstico correto. Depois disso, vamos saber como proceder. Enquanto isso, meu menino, nem sei dizer o quanto eu e sua mãe estamos felizes de você voltar pra casa. Vai ser um novo capítulo no livro da sua vida. Quem venceu a partida de futebol?"

"Ninguém. Eles marcaram um gol que foi bom, a gente marcou um gol que foi bom e um gol não tão bom."

"Todo gol conta no futebol, bom ou ruim. Um gol bom mais um gol ruim são dois gols, então vocês venceram."

"Eu disse *e*. Eu disse que a gente marcou um gol bom *e* um gol ruim. *E* não é a mesma coisa que *mais*."

Eles chegam ao prédio de apartamentos. Apesar da dor nas costas, sobra para ele carregar o menino escada acima como um saco de batatas.

No decorrer da noite, pouco a pouco, um relato mais completo vem à tona. Mesmo antes do jogo de futebol fatídico, houve premonições: de repente, as pernas de David cediam e ele se via estendido no chão como se tivesse levado um tapa de uma mão gigante. Um momento depois, a força vital lhe voltava e ele se levantava.

De fora, parecia apenas que ele tinha tropeçado nos próprios pés. Mas aí chegou o dia em que caiu e a força não voltou às pernas. Ele ficou caído no campo, desamparado como um besouro, até virem com uma maca e o levarem embora. Desse dia em diante, ele permaneceu na enfermaria, perdeu as aulas.

A comida na enfermaria era horrível: cereal cozido de manhã, sopa com torrada à noite. Todo mundo que estava na enfermaria odiava a comida e queria ir embora.

As pernas dele doíam o tempo todo. A irmã Luisa o fez fazer exercícios para fortalecê-las, mas os exercícios não ajudaram.

A dor era pior à noite. Havia noites em que não conseguia dormir por causa da dor.

Irmã Luisa tinha seu próprio quarto junto à ala, mas ficava muito mal-humorada se a acordavam, então ninguém a chamava.

A dor era nos joelhos, mas também nos tornozelos. Às vezes, a dor diminuía se ele ficava com os joelhos pressionados contra o peito.

O dr. Julio fazia uma visita breve a cada dois dias, porque inspecionar a enfermaria era uma de suas obrigações, mas nunca falava com ele, David, porque estava zangado por ele ter caído durante o jogo de futebol.

"Tenho certeza de que não é verdade", diz ele, Simón. "Eu não gosto do dr. Julio, mas tenho certeza de que ele não ia se zangar com uma criança por ficar doente."

"Eu não estou doente", diz David. "Tem alguma coisa errada comigo."

"Ter alguma coisa errada com a gente e estar doente são maneiras diferentes de dizer a mesma coisa."

"Não é a mesma coisa. O dr. Julio não acredita que sou órfão de verdade. Ele só quer que eu fique no orfanato para jogar futebol."

"Tenho certeza de que não é verdade. Mas você ainda quer ser órfão depois de ter visto o que acontece num orfanato?"

"Eu sou órfão de verdade. Las Manos não é um orfanato de verdade."

"Parece bem de verdade pra mim. Como você acha que é um orfanato de verdade?"

"Ainda não sei. Mas vou reconhecer quando vir um."

"Seja como for", diz Inés, "agora você está em casa, que é o seu lugar. Aprendeu a lição."

O menino se cala.

"O que você quer comer hoje? Escolha o que quiser. É um grande dia pra todos nós."

"Quero purê de batata com ervilha. E abóbora com canela. E chocolate quente. Uma caneca grande."

"Bom. Vou fritar uns fígados de frango pra comer com o purê de batata."

"Não. Não como mais frango."

"É isso que ensinam no orfanato, que você não deve comer carne de frango?"

"Eu me ensinei."

"Você emagreceu muito. Precisa recuperar as forças."

"Não preciso de força."

"Todo mundo precisa de força. Que tal um bom peixe?"

"Não. Peixe também é vivo."

"Batata é viva. Ervilha é viva. Só que são vivas de um jeito diferente. Se você se recusar a comer coisas vivas vai definhar e morrer."

O menino se cala.

"Mas hoje é um grande dia, então não vamos brigar", diz Inés. "Vou fazer batata, ervilha e cenoura. Não tem abóbora. Amanhã eu compro abóbora. Agora é hora de você tomar um banho."

Faz muito tempo que ele não vê o menino nu e fica perturbado com o que vê. Os ossos do quadril do menino projetam-se para fora como os de um velho. As juntas dos joelhos estão visivelmente inchadas, e há um feio trecho em carne viva nas costas.

"O que aconteceu com suas costas?"

"Não sei", diz o menino. "Só dói. Tudo dói."

"Coitado", ele diz e lhe dá um abraço desajeitado. "Pobre menino! O que aconteceu com você?"

O menino soluça, convulso. "Por que tinha de ser eu?", ele chora.

"Amanhã vamos ver um médico, ele vai te dar um remédio que vai te curar logo. Agora vamos tomar um banho, depois um jantar gostoso e aí Inés te dá um comprimido pra você dormir. De manhã, tudo vai ser diferente, eu prometo."

Inés lhe dá não um comprimido, mas dois, e ele finalmente adormece, enrolado de lado com os joelhos no peito.

"Então ele voltou pra casa", ele diz a Inés. "Talvez não sejamos pais tão ruins assim, afinal."

Inés dá um fiapo de sorriso. Ele estende o braço e pega sua mão, um gesto que, pela primeira vez, ela permite.

9.

O médico que consultam é um pediatra, que atende no hospital municipal, muito bem recomendado por Inocencia, uma das colegas de Inés na Modas Modernas ("Minha filha pequena tossia e chiava o tempo todo, nenhum médico conseguia resolver, estávamos desesperados, então levamos no dr. Ribeiro e ela nunca mais teve nenhuma crise desde então").

O dr. Ribeiro é um homem roliço, quase calvo, de meia-idade. Usa óculos de aro tão grande que o rosto parece desaparecer atrás deles. Ele cumprimenta Inés e ele, Simón, distraidamente: toda sua atenção está em David.

"Sua mãe me disse que você teve um acidente jogando futebol", diz ele. "Pode me contar exatamente o que aconteceu?"

"Eu caí. Não foi só quando eu estava jogando futebol. Eu caí uma porção de vezes, só que não falei para ninguém."

"Não falou para os seus pais?"

Esse é o momento de David repetir que Inés e ele não são seus pais de verdade, que ele é um órfão sozinho no mundo. Mas não: ele olha firme para o dr. Ribeiro e diz: "Não contei para os meus pais. Eles iam ficar preocupados".

"Muito bem. Me fale sobre essas quedas. Acontecem só quando você está correndo, ou quando está andando também?"

"Acontece o tempo inteiro. Acontece quando estou deitado na cama."

"E antes de cair, quando está prestes a cair, você sente que está perdendo o equilíbrio?"

"Parece que o mundo está virando de lado eu caindo, e todo o ar está saindo de dentro de mim."

"Você sente medo quando o mundo vira?"

"Não. Não tenho medo de nada."

"Não tem medo de nada? Nem de animais selvagens? De ladrões com armas?"

"Não."

"Então você é um menino valente. Quando cai, você perde a consciência? Sabe o que quer dizer: perder a consciência?"

"Eu não perco a consciência. Consigo ver tudo o que acontece."

"E como você se sente quando está prestes a cair, quando começa a cair?"

"Me sinto bem. É como estar bêbado. Eu escuto sons."

"Que sons você escuta?"

"Canto. E sininhos tocando no vento."

"Fale para o médico dos joelhos", diz Inés, "da dor nos joelhos."

O dr. Ribeiro ergue uma mão cautelosa. "Já vamos chegar nos joelhos. Primeiro quero saber mais sobre as quedas. Quando você caiu a primeira vez? Você se lembra?"

"Foi na cama. Virou tudo. Eu tive de me segurar para não cair da cama."

"Faz tempo?"

"Bastante tempo."

"Tudo bem. Agora vamos dar uma olhada nesses joelhos. Tire a roupa e deite de costas. Eu ajudo. Talvez seus pais possam sair da sala."

Ele e Inés esperam num banco no corredor. Depois de algum tempo, a porta se abre e o dr. Ribeiro pede que entrem.

"É bem intrigante o que o jovem David apresenta", diz o dr. Ribeiro. "Os senhores devem estar pensando se é o que se costumava chamar de 'mal-caduco'. Minha tendência é dizer que não; mas temos de confirmar com mais observações. As juntas do David estão rígidas e inflamadas, não só os joelhos, mas o quadril e os tornozelos também. Não me surpreende que estejam doloridos e não me surpreende que ele caia de vez em quando. É uma condição que se vê em pacientes idosos. Ele teve alguma mudança recente na dieta que possa causar essa reação?"

Ele e Inés se olham. "Ele não tem comido em casa", diz Inés. "Estava ficando no orfanato perto do rio."

"O orfanato perto do rio. Os senhores talvez possam me pôr em contato com esse orfanato para ver se posso descobrir se há outros casos além do David."

"O nome é Las Manos", diz ele, Simón. "A pessoa encarregada da enfermaria é uma tal de irmã Luisa. Ela disse que não tinha competência para tratar do David e pediu que ele fosse para casa conosco. Ela deve ser capaz de contar o que o senhor quer saber."

O dr. Riberio anota em seu bloco. "Eu gostaria que o David ficasse um ou dois dias em observação no hospital municipal", diz ele. "Vou fazer um formulário de admissão para ele. Tragam o menino amanhã de manhã. Vamos começar testando a reação dele a diversos alimentos. Você concorda, David? Vamos fazer isso?"

"Vou ficar aleijado?"

"Claro que não."

"As outras crianças vão pegar o que eu tenho?"

"Não. O que você tem não é transmissível, não é contagioso. Agora pare de se preocupar, rapaz. Vamos curar você. Logo vai estar jogando futebol de novo."

"E dançando", diz ele, Simón. "O David é um grande dançarino. Ele estuda dança na Academia de Música."

"É mesmo?", diz o dr. Ribeiro. "Então você gosta de dançar?"

O menino ignora a pergunta. "Não estou caindo por causa de comida", ele diz.

"Nem sempre a gente sabe o que tem na comida que a gente come", diz o dr. Ribeiro. "Principalmente comida enlatada e em conserva."

"Ninguém mais cai. Só eu que caio."

O dr. Ribeiro olha o relógio. "Vejo você amanhã, David. Aí vamos poder investigar mais."

Na manhã seguinte, eles deixam David no hospital municipal, onde são informados das regras liberais vigentes na ala infantil: permitem visitas a qualquer hora do dia ou da noite, menos durante a visita dos médicos.

Dão a David uma cama junto à janela, e então o levam para uma primeira rodada de exames. Ele volta horas depois e parece satisfeito. "O dr. Ribeiro vai me dar uma injeção para eu ficar melhor", ele anuncia. "A injeção vem de Novilla, de trem, numa caixa de gelo."

"Que bom saber disso", diz ele, Simón. "Mas achei que o dr. Ribeiro ia fazer testes de alergia. Ele mudou de ideia?"

"Eu tenho uma neuropatia nas pernas. A injeção vai matar a neuropatia."

Ele fala a palavra *neuropatía* com segurança, como se soubesse o que quer dizer. Mas o que quer dizer de fato?

Ele, Simón, desliza para fora e aborda o único médico disponível, o plantonista. "Nosso filho recebeu o diagnóstico de *neuropatía*. Pode me dizer o que é isso?"

O médico plantonista é objetivo. "*Neuropatía* é um estado neurológico geral", diz. "É melhor falar com o dr. Ribeiro. Ele vai poder explicar."

Uma enfermeira aparece. "Hora da visita médica!", ela diz. "Hora de os visitantes se despedirem."

David lhes dá uma despedida animada. Eles precisam trazer o *Dom Quixote*, diz. E precisam falar para o Dmitri vir visitá-lo.

"Dmitri? O que te levou a pensar no Dmitri?"

"Você não sabe? O Dmitri está aqui no hospital. Os médicos estão dando choques nele para ele não matar mais ninguém."

"Com toda certeza, você não vai ver o Dmitri. Se o Dmitri está mesmo aqui, vai estar numa parte do hospital que é trancada como uma prisão, com grade nas janelas, uma parte reservada para pessoas perigosas."

"O Dmitri não é perigoso. Quero que ele me visite."

Inés não consegue se controlar. "Mas é claro que não!", ela explode. "Você é uma criança! Não vai ter nada a ver com aquela criatura abominável!"

Ele e Inés passeiam pelo pátio do hospital, esperando que os médicos terminem suas visitas e debatam essa nova complicação.

"Não acredito que a gente tenha nada a temer em relação ao Dmitri", ele diz. "Ele está trancafiado com segurança na ala psiquiátrica. A questão é, e se o tratamento deu certo? E se as drogas e os eletrochoques realmente transformaram o Dmitri num novo homem? Nesse caso, podemos realmente proibir o David de se encontrar com ele?"

"Chegou a hora de ser firme com o menino, pôr um fim a essa bobagem, tanto a bobagem do Dmitri quanto a bobagem do orfanato", Inés replica. "Se a gente não se impuser agora, não vamos conseguir controlá-lo nunca mais. A culpa é minha. Vou ficar menos na loja. Tenho deixado as coisas com você e você é muito solto, muito tolerante. Ele tem você na mão, eu vejo isso todos os dias. Ele precisa de um pulso firme. Precisa receber uma orientação na vida."

Ele poderia responder muitas coisas, mas se controla.

O que ele gostaria de dizer é: *Dar orientação à vida de David teria sido possível quando ele tinha seis anos; mas agora seria preciso um mestre de cerimônias de circo com um revólver e um chicote para botar o menino sob controle.* O que ele gostaria de dizer, além disso, é: *Nós devemos enfrentar a possibilidade de você e eu termos sido destinados a ser pais dele apenas por um breve tempo; que ultrapassamos nossa utilidade para ele; que para nós chegou a hora de deixar o menino seguir seu próprio caminho.*

10.

Em sua sala, o dr. Ribeiro pede que sentem e lhes dá mais informações. A primeira leva de exames sugere que David não padece de nenhuma reação alérgica — essa hipótese pode agora ser posta de lado —, mas sim da síndrome de Saporta, uma neuropatia de natureza não dinâmica, ou seja, uma patologia dos caminhos neurais através dos quais são enviados sinais para os membros. Infelizmente, sabe-se pouco sobre as causas da Saporta. Acredita-se que seja de origem genética. Pode existir em dormência durante anos antes de vir à tona de forma aguda, como aconteceu com David. Ele precisa saber: David apresentou esses sintomas ou sintomas semelhantes em seus primeiros anos de vida, talvez quando bebê: contrações musculares involuntárias, pontadas de dor inexplicáveis nos membros? Existe algum histórico familiar, de algum dos lados, de perturbações neurológicas ou paralisia? E ele já precisou tomar transfusão de sangue? Eles estão cientes de que o menino tem um tipo de sangue raro?

Inés fala: "David é adotado. Ele chegou tarde para nós. Não

sabemos a história familiar dele. Não sabemos nada do tipo de sangue dele. Nunca fez exame de sangue até agora".

"Certo, ele é adotado. Os senhores não têm nenhum jeito de entrar em contato com os pais?"

"Não."

O dr. Ribeiro anota no bloco e continua. No momento, o lado esquerdo de David está mais seriamente afetado que o direito, mas a Saporta é progressiva, e se não for controlada pode levar à paralisia. No pior dos casos — o pior e o mais raro —, pode-se perder a capacidade de engolir ou respirar, e então o paciente morre. (Ele não usa a palavra *morre*: o paciente *perde as funções vitais*, diz.) Porém David é um rapaz forte, saudável; não há razão para achar que não vá responder ao tratamento.

Inés fala: "Quanto tempo ele tem de ficar no hospital?".

O dr. Ribeiro bate a caneta no lábio inferior. "Señora, vamos fazer todo o possível pelo menino. Vamos monitorar de perto o progresso dele. Enquanto isso, ele vai ficar em regime de fisioterapia para conservar o tônus muscular e contrabalançar os efeitos de ficar muito tempo na cama."

Ele, Simón: "O David falou de um remédio que vem de Novilla".

"Estamos em contato com os colegas de Novilla. Vou falar francamente. Este caso é fora do comum. Não temos muita experiência com a síndrome de Saporta aqui em Estrella. O jovem David deveria ser mandado para tratamento em Novilla? Com certeza a estrutura lá é melhor. Então mandar o menino para Novilla é uma opção. Por outro lado, a família dele, os senhores, os amiguinhos dele, estão aqui, então no fundo é preferível que ele fique aqui. Por enquanto."

"E o remédio em si?"

"Também tem um potencial. Adotamos uma abordagem múltipla para o desafio que o David apresenta. Ele talvez tenha de ficar aqui um bom tempo. Felizmente, temos no nosso corpo de funcionários alguém que ajuda jovens pacientes que precisam faltar à escola. Ela é uma figura e tanto. Vou apresentá-la a vocês."

"Espero que essa figura não tenha ideias esquisitas", diz Inés. "O David já teve bastantes professores com ideias esquisitas. Eu quero que ele seja tratado como uma criança normal."

O dr. Ribeiro assume um olhar intrigado. "O David é um menino brilhante", diz. "Ele e eu não tivemos tempo de conversar de fato, mas mesmo assim dá para ver que é excepcional. Tenho certeza de que ele vai se dar bem com a señora Devito."

"O David já sofreu bastante por ser tratado como exceção, obrigado, doutor. Uma escola normal, é só isso que nós queremos para ele. Se ele quiser ser exceção, um artista, um rebelde, seja lá o que estiver na moda, pode fazer isso depois, quando crescer."

A señora Devito é jovem e tão miúda, de ossos tão finos, que mal chega ao ombro de Inés. O cabelo loiro encaracolado forma uma nuvem em torno de sua cabeça. Ela os recebe animada em sua pequena sala atulhada, que na verdade não passa de um armário.

"Então vocês são os pais do David! Ele me disse que é órfão, mas vocês sabem como são as crianças nessa idade, cheias de histórias. Vocês estiveram com o dr. Ribeiro, então já sabem que o David talvez precise ficar conosco por um bom tempo. É importante que ele fique com a mente ativa. É importante também que não se atrase muito na escola, principalmente em ciências e matemática. É tão fácil ficar para trás em matemática e nunca mais recuperar. Vai ser uma grande ajuda se trouxerem os livros escolares do David."

Ele olha para Inés. "Não tem nenhum livro escolar para trazer", ele diz. "Não vou explicar por quê, é muito complicado. Digamos apenas que, apesar de não ser órfão, o David ultimamente estava estudando no orfanato Las Manos. O pessoal que dirige o Las Manos não acredita muito em livros."

"Na minha opinião", diz Inés, "ele tem de começar a estudar tudo do começo, com o ABC e um-dois-três, como se a cabeça dele estivesse vazia, como se fosse um bebê. Ele precisa mergulhar no básico para não perder esse tempo de hospital. Isso é o que eu sugeriria, como mãe."

Estão na salinha da señora Devito há alguns minutos apenas, mas já se sentem sem ar. Ele sente a cabeça flutuar. "Se importa de abrirmos a porta?", ele pergunta e abre a porta.

Os cachos dourados da señora Devito brilham na luz. "Farei o melhor possível pelo seu filho", diz ela. "Mas devo dizer, agora mesmo…" Ela se inclina sobre a mesa estreita, sem nada em cima a não ser um pássaro de brinquedo feito de contas e arame, num poleiro, que os observa com seus olhinhos brilhantes. "Devo dizer a vocês…"

"O que deve nos dizer?", ele pergunta.

"Devo dizer que em momentos difíceis assim…" Ela balança a cabeça. "Claro que o David precisa de ABC e tudo. Mas num momento assim a criança precisa mais do que de ABC. Precisa de apoio."

Ela para, olha para eles significativamente, esperando que suas palavras façam efeito.

Inés fala. "Señora, durante a sua breve vida, David recebeu muito apoio, que ele sempre recusou. O que ele não recebeu foi uma educação adequada. É fácil para alguém que não tem filhos… a senhora não tem filhos, tem?"

"Não."

"É fácil para alguém como a senhora nos dizer do que o David precisa ou não precisa. Mas conheço o menino melhor que a senhora e digo que o que ele precisa é de aulas como qualquer criança normal. Só isso. Não tenho mais nada a dizer." Ela pega a bolsa e se levanta. "Bom dia."

Simón alcança Inés no corredor. Ela está magnífica. Dona da verdade, talvez, equivocada, talvez, beligerante, talvez, mas magnífica mesmo assim, a mulher que, no momento em que ele pousou os olhos nela, soube que seria a mãe de verdade para o menino.

"Inés!", ele chama.

Ela para e se vira para ele. "O quê?", diz ela. "Como você planeja me boicotar agora?"

"Não planejo te boicotar. Ao contrário, quero dizer que estou ao seu lado, totalmente ao seu lado. O que você decidir, eu vou junto."

"É mesmo? Tem certeza de que não quer ir atrás da moça bonitinha que você estava comendo com os olhos?"

"É de você que eu vou atrás, é você que eu respeito, mais ninguém. O que mais eu posso dizer?"

Ao chegarem à ala infantil, ouvem a voz de David, serena, confiante. "Ele sabia que era uma gaiola, não uma carruagem, mas deixou o feiticeiro trancar ele mesmo assim", está dizendo. "Porque sabia que a hora que quisesse..."

Ele e Inés param na porta. Empoleirada ao pé da cama de David, ouvindo o que ele diz, está uma moça, roliça como uma pomba, de uniforme de enfermeira. Em volta dela, um grupo de outras crianças da ala.

"Ele sabia que a hora que quisesse podia escapar, porque ainda não tinham inventado cadeado que pudesse prender ele. Então o feiticeiro estalou o chicote e os dois cavalos grandes começaram a puxar a carroça onde estava a jaula que prendia o nobre cavaleiro. Os nomes dos cavalos eram Marfim e Sombra. Marfim era branco e Sombra era preto, tinham a mesma força, mas o Marfim era um cavalo tranquilo, com a cabeça em outro lugar, estava sempre pensando, enquanto o Sombra era bravo e desobediente, o que quer dizer que queria seguir do seu jeito, então algumas vezes o feiticeiro tinha de usar o chicote para fazer ele obedecer. Oi, Inés! Oi, Simón! Estão ouvindo a minha história?"

A jovem enfermeira se põe de pé num salto, baixa a cabeça, e passa depressa, culpada, diante deles.

As crianças, todas vestidas com os pijamas azul-celeste do hospital, não prestam atenção neles, mas esperam, impacientes, que David continue. A mais nova, uma menininha de maria-chiquinha, não tem mais de quatro ou cinco anos; a criança mais velha, um menino forte, já apresenta a sombra de um bigode.

"Eles rodaram e rodaram até que chegaram na fronteira de uma estranha terra nova. 'Aqui eu vou te deixar, Dom Quixote', disse o feiticeiro. 'A partir daqui fica o reino do Príncipe Negro, onde até eu tenho medo de entrar. Deixo que o cavalo branco, Marfim, e o cavalo escuro, Sombra, conduzam você em suas novas aventuras.' Então o feiticeiro deu um último estalo com o chicote e os dois cavalos partiram, levando Dom Quixote em sua gaiola para a terra desconhecida."

David faz uma pausa e olha ao longe.

"E daí?", pergunta a menininha de maria-chiquinha.

"Amanhã eu vejo mais e conto o que aconteceu depois com o Dom Quixote."

"Mas não aconteceu nada ruim com ele, aconteceu?", a menininha pergunta.

"Nada de ruim acontece com o Dom Quixote porque ele é dono do próprio destino", diz David.

"Que bom", diz a menininha.

11.

Ele leva Bolívar para o costumeiro passeio no parque e uma criança vai correndo até ele, um menino pequeno de um dos apartamentos superiores pelo qual ele sempre sentiu ternura — um menino louco por futebol, mas ainda muito novo para participar dos jogos. O nome dele é Artemio, mas os meninos o apelidaram de El Perrito, o cachorrinho.

"Señor, señor!", ele chama. "É verdade que o David vai morrer?"

"Não, claro que não. Nunca ouvi bobagem maior. O David está no hospital porque está com dor nos joelhos. Assim que os joelhos melhorarem, ele volta para a gente pra jogar futebol. Você vai ver."

"Então ele não vai morrer?"

"Não, com certeza não vai. Ninguém morre de dor no joelho. Quem falou que ele ia morrer?"

"Os outros meninos. Quando ele vai voltar?"

"Já disse: assim que estiver bom de novo".

"Posso ir ver ele no hospital?"

"O hospital fica muito longe. Tem de pegar um ônibus para chegar lá. Prometo a você que o David volta logo. Semana que vem, ou na outra semana."

Ele tenta tirar da cabeça o encontro com o pequeno Artemio, mas fica perturbado mesmo assim. De onde as crianças podem ter tirado a ideia de que David está com uma doença mortal?

Ao chegar à ala infantil na manhã seguinte, ele para na porta. Um homem com o uniforme branco de atendente hospitalar está sentado na cama de David, a cabeça quase encostada na do menino, olhando alguma coisa na coberta entre eles. Só quando o homem levanta a cabeça é que ele, com um choque, reconhece de quem se trata. É Dmitri, o homem que matou a professora de David, a estrangulou, que foi condenado por um tribunal a ser encarcerado pelo resto de sua vida natural — que volta agora como um espírito maligno para assombrar o menino — e os dois estão jogando dados!

Ele avança. "Fique longe do meu filho!", grita.

Com um sorriso pacífico, Dmitri guarda os dados no bolso e dá um passo para trás. As outras crianças da ala parecem chocadas; uma delas começa a chorar, a enfermeira entra correndo.

"O que esse homem está fazendo aqui?", ele, Simón, pergunta. "Não sabem quem ele é?"

"Se acalme, señor" diz a enfermeira. "Esse homem é um atendente. Ele limpa os quartos."

"Atendente! É um assassino condenado! Tem de ficar na ala psiquiátrica! Como ele pode estar aqui, sem supervisão, no meio de crianças?"

A jovem enfermeira recua, alarmada. "É verdade?", ela sussurra, enquanto a criança chora ainda mais alto.

O próprio Dmitri fala. "Cada palavra que o cavalheiro disse é verdade, moça, cada palavra. Mas pense um pouco, antes de sair me julgando. Por que acha que um tribunal em sua sabedoria não me mandou para uma das suas muitas prisões, mas para este hospital? A resposta é óbvia. Está na nossa cara. Para que eu me emendasse. Para que eu fosse curado. Porque é pra isso que serve um hospital. E eu estou curado. Sou um novo homem. Quer uma prova?" Ele enfia a mão no bolso e tira um cartão. "Dmitri. Esse é o meu nome."

A enfermeira examina o cartão e o passa para ele. *Cidade de Estrella, Departamento de Saúde Pública*, ele lê. *Funcionário número 15 726 M*. Com a fotografia de Dmitri, dos ombros para cima, olhando francamente para a câmera.

"Não acredito", ele sussurra. "Tem alguém com quem eu possa falar, alguém da chefia?"

"Pode falar com quem quiser", diz Dmitri, "mas eu sou quem eu sou. Como você acha que um homem se livra do demônio que ficou sentado em seu ombro durante anos, cochichando maus conselhos no ouvido? Ficando numa solitária dia e noite, deprimido? Não. A resposta é: como voluntário no trabalho mais humilde, no trabalho que gente decente despreza. É por isso que eu estou aqui. Eu varro o chão. Eu limpo as privadas. E assim me regenero. Viro um novo homem. Pago minha dívida com a sociedade. Ganho o meu perdão."

O velho Dmitri, o Dmitri de que ele se lembra, era de constituição sólida, acima do peso. Tinha o cabelo escorrido, a roupa cheirava a fumaça de cigarro. O novo Dmitri é mais magro, ereto, não tem nenhum cheiro além de desinfetante de hospital. O cabelo, encaracolado, foi cortado curto. O branco dos olhos, que era amarelado, brilha de boa saúde. É verdade que Dmitri se tornou um novo homem, um homem regenerado? Evidente que sim. Mas ele duvida, duvida profundamente.

A enfermeira carrega a criança que chora e tenta confortá-la.

Ele se volta para Dmitri. "Acima de tudo, fique longe do David", ele chia. "Se eu te encontrar aqui com ele outra vez, não me responsabilizo pelos meus atos."

Baixando a cabeça de modo delicado, submisso até, Dmitri pega seu balde e vai embora.

De sua cama, David observou a cena com um sorriso abstrato, a cena de dois homens adultos brigando por sua causa.

"Por que você está infeliz, Simón? Não está contente por Dmitri me encontrar? Sabe como ele me encontrou? Ele me ouviu chamar. Ele disse que me ouviu igual um rádio dentro da cabeça dele, falando para ele vir."

"É o tipo de coisa que um louco diz, que ouve vozes dentro da cabeça."

"Ele prometeu me visitar todo dia. Disse que eu curei a loucura dele, que não vai mais matar gente."

Então a jovem enfermeira interrompe. "Desculpe interromper, señor", diz ela, "mas o senhor é o pai do David?"

"Sou, eu cumpro esse dever o melhor que posso."

"Nesse caso", diz a enfermeira (o crachá em seu peito diz irmã Rita), "o senhor poderia ir até a *Administración*? É urgente."

"Vou dentro de um minuto, fique tranquila", ele diz, e então, quando não dá mais para ela escutar: "Você gosta da irmã Rita? Ela é boa para você?".

"Todo mundo é bom comigo. Eles querem que eu fique feliz. Acham que eu vou morrer."

"Isso é bobagem", ele diz, firme. "Ninguém morre de dor no joelho. Deixe eu ir ver o que o pessoal da *Administración* quer comigo. Já volto."

Entre os dois balcões da *Administración*, ele escolhe o da atendente mais velha, de aspecto mais gentil.

"Vim saber de um menino chamado David", ele diz, se abaixando para falar através do buraco no vidro. "Disseram que havia um assunto sério a tratar."

A mulher procura nos papéis em cima da mesa. "É, sim, o formulário está aqui em algum lugar... Está aqui. É um formulário de autorização e um formulário de admissão. O senhor é o pai?"

"Não, mas estou no lugar do pai. O pai não é conhecido. É uma história longa e complicada. Se é assinatura que a senhora precisa, eu assino qualquer coisa que ponha na minha frente."

"Preciso da identidade do menino."

"O número da identidade dele, se bem me lembro, é 125 711N."

"Esse número é de Novilla. Preciso do número de Estrella."

"Não dá para usar o número de Novilla? Com certeza a senhora não vai negar tratamento a uma criança só porque ela é de Novilla."

"É para o arquivo", diz a mulher. "Quando vier outra vez, por favor traga o cartão de Estrella dele com o número de Estrella."

"Farei isso. A senhora disse que tem um segundo formulário."

"Formulário de autorização. Precisa ser assinado por um dos pais ou responsáveis legais."

"Assino como responsável legal. Cuido do David quase a vida dele inteira."

Ela observa enquanto ele assina. "É só isso", diz ela. "Não se esqueça de trazer o cartão."

Ao voltar à ala, ele encontra um grupo tão grande de pessoas em torno da cama que o próprio David acaba escondido: não só a irmã Rita e a professora de cachos dourados e brincos compridos, a señora Devito, mas também meia dúzia de meninos do prédio de apartamentos, assim como duas crianças que ele reconhece do orfanato: Maria Prudencia e um rapaz muito alto, magro, cujo nome ele não sabe. Dmitri está ali também, encostado na parede mais distante, e olha sardonicamente para ele.

David fala: "O cavalo branco, Marfim, tem um poder secreto: ele pode criar asas a hora que quiser. Como a carroça estava para entrar no rio, o Marfim abriu as asas, que eram maiores que as asas de duas águias, e a carroça voou por cima da água sem ninguém se molhar.

"O cavalo escuro, Sombra, não tem asas, mas ele também tem um poder secreto. Ele consegue mudar de substância e ficar pesado como pedra. O Sombra odeia o Marfim. Tudo o que o Marfim faz, o Sombra faz o contrário. Então, quando ele sentiu que a carroça estava voando no ar, ele virou pedra, tão pesada que logo a carroça teve de descer para a terra.

"Assim, o Dom Quixote foi levado cada vez mais longe no deserto pelos dois cavalos galopando, o preto e o branco, até que soprou um grande vento, e nuvens de areia cobriram todos e eles sumiram."

Uma longa pausa. O pequeno Artemio, que chamavam de El Perrito, pergunta: "E daí?".

"Eles sumiram", David repete.

"O cavalo branco e o cavalo preto brigaram?", o menino insiste.

"Eles sumiram", Maria Prudencia chia para ele. "Não entende?"

"Mas ele volta", diz o menino alto do orfanato. "Ele tem de voltar, senão a gente nunca vai saber o fim da história. A gente nunca vai saber como ele ficou velho e morreu."

Maria se cala.

"Ele não morreu", diz Dmitri.

Todo mundo se volta para olhar. Dmitri se apoia com facilidade em seu esfregão, curtindo a atenção.

"É só uma história que ele morre", diz, "uma história que alguém escreveu num livro. Não é verdade. Ele desapareceu na tempestade, na carroça puxada pelos dois cavalos como o David falou."

"Mas", insiste o menino alto, "se não é verdade que ele morreu, se é só uma história, então como a gente sabe que teve uma tempestade, como a gente sabe que a tempestade também não é uma história inventada?"

"Porque o David acabou de contar. A carroça, o deserto, a tempestade, tudo isso vem do David. Envelhecer e morrer, isso vem de um livro. Qualquer um podia inventar isso. Não é, David?"

David não responde a essa pergunta. Estampa o sorriso que ele, Simón, conhece bem, o sorrisinho sabido que sempre o irritou.

"Será que ajuda se eu contar pra vocês a história completa de Dom Quixote?", ele se ouve dizendo. "*Dom Quixote* é o nome de um livro que eu encontrei na estante de uma biblioteca em Novilla onde a gente, o David, a mãe dele e eu, morávamos na época. Eu peguei o livro emprestado e dei para o David ler. Em vez de devolver para a biblioteca, como qualquer cidadão de bem teria feito, o David ficou com o livro. Que ele usou para praticar leitura em espanhol porque, como todos nós, ele tinha que dominar o ABC em espanhol. Ele leu o livro tantas vezes que acabou gravado na memória dele. *Dom Quixote* passou a ser parte dele. Através da voz dele o livro começou a falar."

Dmitri interrompe. "Por que está fazendo esse recital, Simón? Não interessa nada. A gente quer ouvir a história do David, não a sua."

Há um murmúrio de concordância entre as crianças.

"Tudo bem", ele diz. "Eu me recolho. Vou calar a boca."

David retoma a história. "Estava tudo escuro. Então, o Dom Quixote viu uma luz ao longe. Quando chegou perto, notou que era um arbusto queimando. Uma voz falou de dentro do arbusto. 'Chegou a hora de escolher, Dom Quixote', a voz falou. 'Você tem de se entregar ou para o cavalo branco, o Marfim, ou para o cavalo escuro, o Sombra.'

"'Eu vou aonde o cavalo escuro me levar', Dom Quixote falou, audacioso.

"Na mesma hora, caiu a grade da gaiola onde ele estava trancado. O cavalo branco, o Marfim, se livrou do arreio, abriu as asas e voou pro céu, nunca mais foi visto, enquanto o cavalo escuro, o Sombra, continuou preso na carroça."

Mais uma vez o menino se cala, com o rosto contraído.

"O que foi David?", pergunta o pequeno Artemio, que parece bem destemido com suas perguntas.

David não lhe dá atenção.

"Quietos", diz a irmã Rita. "O David está cansado. Vamos para fora, crianças, deixem o David descansar."

As crianças a ignoram. David olha ao longe, o rosto ainda contraído.

"Glória!", diz Dmitri. "Glória, glória, glória!"

"O que quer dizer isso, *glória*?", Artemio pergunta.

Dmitri apoia o queixo no cabo do esfregão, devorando David com o olhar.

Algo está acontecendo, isso é claro para ele, Simón, algo entre Dmitri e David. Mas o quê? Dmitri está retomando o domínio que tinha sobre o menino anos atrás?

Com uma firmeza que o pega de surpresa, a irmã Rita empurra fisicamente as crianças para longe da cama e cerra a cortina. "Acabou a história por hoje", diz, firme. "Se quiserem mais histórias, voltem amanhã. O senhor também, señor Simón."

12.

Quando Inés volta para casa, ele não tem saída a não ser contar para ela do ressurgimento de Dmitri. "Como um gênio da lâmpada", ele diz. "Um gênio mau. O pior."

Inés pega as chaves. "Venha, Bolívar", ela diz.

"Onde você vai?"

"Se você é tão fraco assim para proteger o David daquele maluco, eu com certeza não sou."

"Eu vou com você."

"Não."

Embora ele a espere até depois da meia-noite, ela não volta. De manhã, ele pega o primeiro ônibus para o hospital. A cama do menino está vazia. Uma enfermeira lhe mostra o corredor por onde David foi transferido para um quarto individual. ("Só por precaução", ela diz.) Além da cama do menino, ele encontra Inés caída numa poltrona, os braços cruzados ao peito. O menino também está dormindo. Só Bolívar nota sua chegada.

O menino está deitado de lado, os joelhos puxados até o queixo. O rosto contraído de concentração segue o mesmo; ou talvez seja uma contração de dor.

Ele toca o ombro de Inés. "Inés, sou eu. Deixe comigo agora."

Quando ele viu Inés pela primeira vez, quatro anos antes, ela ainda podia passar por uma mulher jovem. A pela era lisa, os olhos luminosos, havia uma leveza em seus passos. Mas a luz clara da manhã expõe cruelmente o que o tempo fez com ela. Há linhas descendentes nos cantos da boca, fios brancos no cabelo. Ele nunca amou Inés como um homem ama uma mulher, mas agora, pela primeira vez, sente pena dela, da mulher a quem a maternidade trouxe mais amargura do que alegria.

"*¿Por qué estoy aquí?*" Por que estou aqui? O menino desperta de repente, olha para ele com uma intensidade imóvel, sussurrando.

"Você está doente, meu menino", ele sussurra de volta. "Está doente e o hospital é o melhor lugar para quem está doente poder sarar. Tem de ter paciência e fazer o que os médicos e as enfermeiras mandarem."

"*¿Pero por qué estoy aquí?*" Mas por que estou *aqui*?

Apesar do sussurro, Inés despertou.

"Não entendo o que você está perguntando. Está aqui para ser curado. Quando estiver curado, vai poder voltar para a vida normal. Eles só precisam encontrar o remédio certo para a sua doença. Você vai ver."

"*¿Pero por qué estoy yo aquí?*"

"Por que *você* está aqui? Por uma falta de sorte. Havia germes flutuando no ar e infelizmente foi você que eles resolveram atacar. É só isso que eu posso dizer. A vida de todo mundo tem altos e baixos. No passado, você teve muita sorte, agora, para variar, você teve má sorte. Quando se recuperar, quando estiver bom de novo, vai estar mais forte para lidar com isso."

O menino escuta, impassível, à espera de que o discurso termine. "*¿Pero por qué estoy aquí?*", ele repete, como se se dirigisse a uma criança boba, uma criança que não aprende.

"Eu não entendo. Aqui é aqui." Ele move a mão para englobar não apenas o quarto, com suas paredes brancas e vazias, o vaso de planta na janela, mas o hospital, a área do hospital e além disso o mundo inteiro. "Aqui é onde a gente está. Aqui é onde a gente se encontra. Onde eu estiver, é o meu aqui, aqui para mim. Onde você estiver é o seu aqui, aqui para você. Não consigo explicar melhor que isso. Inés, me ajude. O que ele está me perguntando?"

"Ele não está perguntando para você. Ele já aprendeu faz tempo que você não tem resposta para nada. Ele está perguntando para todos nós. Está fazendo um apelo."

A voz não é de Inés. Vem de trás dele, de Dmitri. Dmitri, em seu limpo uniforme de atendente, emoldurado pela porta, e ao seu lado a señora Devito, cintilante de boa saúde, segurando uma pilha de papéis.

"Se der mais um passo, eu chamo a polícia", diz Inés. "Estou falando sério."

"Ouvir é obedecer, señora", diz Dmitri. "Tenho grande respeito pela polícia. Mas seu filho não está pedindo para analisarem frases. Está perguntando por que ele está aqui. Com que propósito. Com que finalidade. Está fazendo uma pergunta ao grande mistério que nos confronta a todos, até o micróbio mais humilde."

Ele, Simón, fala. "Eu posso não ter respostas, Dmitri, mas não sou tão idiota como você pensa. Aqui é onde eu me encontro. Me encontro aqui, e não em outro lugar. Não tem mistério nisso. E não tem por quê."

"Eu tinha uma professora que dizia isso. Se a gente perguntava por que e ela não sabia a resposta, desprezava a pergunta.

Não tem por quê, ela dizia. A gente não tinha respeito por ela. Uma boa professora sabe por quê. Por que nós estamos aqui, David? Diga."

O menino faz um esforço para se pôr sentado na cama. Pela primeira vez, ocorre a ele, Simón, que a doença pode ser séria de verdade. No pijama azul do hospital, o menino parece lamentavelmente magro, ele que poucos meses antes percorria o campo de futebol como um jovem deus. Seu olhar parece se voltar para dentro, preocupado; ele parece mal ouvi-los.

"Quero ir ao banheiro", ele diz. "Inés, você me ajuda?"

Os dois ficam fora um longo tempo.

Ele se dirige à professora. "Não me surpreende encontrar esse sujeito, o Dmitri, assombrando o meu filho, señora. Ele é como um parasita que grudou nele faz tempo e não quer soltar. Mas o que a senhora está fazendo aqui a essa hora?"

"Vamos começar as aulas hoje, o David e eu", ela responde. "Vamos começar cedo para ele poder descansar antes de os amigos chegarem."

"E o que vai ser a lição de hoje?"

"Decerto não uma lição de como contar histórias, já que o David é um contador de histórias tão talentoso. Não, hoje nós vamos revisitar os números."

"Os números? Se está falando de aritmética, está perdendo seu tempo. O David tem uma incapacidade para aritmética. Para subtração principalmente."

"Pode ter certeza, señor, que não vamos fazer subtração. Subtração, adição, aritmética em geral não são relevantes para alguém que enfrenta uma crise tão profunda na vida. Aritmética é para gente que planeja sair para o mundo para comprar e vender. Não, nós vamos estudar números integrais, um, dois, três e assim por diante. Foi isso que o David e eu combinamos. A teoria dos números, coisas que se pode fazer com números e o que acontece quando os números chegam ao fim."

"Quando os números chegam ao fim? Achei que uma das propriedades dos números era não terem fim."

"Isso é verdade, mas também não é. Esse é um dos paradoxos que nós vamos enfrentar: como uma coisa pode ser verdade e também não ser ao mesmo tempo."

"Essa mulher é inteligente, não é?", diz Dmitri. "Tão bonita e tão inteligente." E ele faz uma coisa surpreendente: envolve a diminuta professora em seus braços, dá-lhe um abraço que ela aceita com uma careta, mas sem protesto. "Verdade e não verdade ao mesmo tempo!"

Será que existe alguma coisa entre esses dois: a señora Devito, professora do hospital, e Dmitri, portador do esfregão?

"Você disse que o David está enfrentando uma crise, señora. Como assim? O David teve um ou dois episódios de neuropatia, mas pelo que sei neuropatia não é doença séria, na verdade não é uma doença, mas um estado físico. Por que usar a palavra *crise*?"

"Porque hospital, señor, é um lugar sério. Quem se encontra no hospital está enfrentando uma crise, uma virada de vida, senão não estaria aqui. Por outro lado, de certo ponto de vista, cada momento na nossa vida pode ser considerado um momento de crise: os caminhos se bifurcam diante de nós, nós escolhemos a esquerda ou escolhemos a direita."

Escolhemos a esquerda ou escolhemos a direita: ele não faz ideia do que ela quer dizer.

O menino reaparece, caminha duro, apoiado em Inés. Inés espera ostensivamente que Dmitri saia da frente.

"Vou embora agora, *querido*", diz Inés. "Precisam de mim na loja. Vou levar o Bolívar. O Simón fica e cuida de você, depois eu volto à noite. Trago alguma coisa gostosa pra você comer. Eu sei como comida de hospital pode ser sem graça."

Querido. Há muito tempo ele não ouve essa palavra dos lábios de Inés.

"Vamos, Bolívar", ela diz.

O cachorro, acomodado debaixo da cama de David, não se mexe.

"Deixe", diz ele, Simón. "Tenho certeza de que o pessoal do hospital não vai ligar de ele passar a noite aqui. Se fizer sujeira, não é o fim do mundo, o Dmitri limpa, para isso que ele é pago. Eu levo o cachorro comigo no ônibus."

Ele acompanha Inés até o estacionamento. No carro, ela se volta para ele. Tem lágrimas nos olhos. "Simón, o que está acontecendo com ele?", sussurra. "Ele falou comigo. Sente que está morrendo e está com medo. Será que é bom para ele ficar aqui? Não acha que podemos levar o David para casa, onde a gente pode cuidar dele direito?"

"Não podemos fazer isso, Inés. Se levarmos o David para casa nunca vamos saber o que está errado com ele. Sei que você não confia muito nesses médicos, eu também não, mas dê um pouco mais de tempo a eles, estão fazendo o melhor que podem. Você e eu podemos ficar de olho nele, para ter certeza de que não vai acontecer nada de ruim. Eu concordo, ele está com medo, também percebo isso, mas é ridículo dizer que ele está morrendo, é só uma história que está circulando entre as crianças, não tem nenhuma base."

Inés revira a bolsa, pega um lenço, assoa o nariz. "Eu quero essa pessoa, esse Dmitri, longe dele. E, se você sentir que ele está cansado, faça a professora parar."

"Eu faço, prometo. Agora vá. Nos vemos à noite."

13.

Ele encontra o dr. Ribeiro em sua sala. "Tem um minuto?", pergunta. "Faz algum tempo que não sabemos pelo senhor como está indo o David."

"Sente-se", diz o dr. Ribeiro. "O caso do seu filho está se revelando difícil. Ele não está respondendo ao tratamento como gostaríamos, o que é motivo de preocupação para nós. Discuti o caso dele com um colega de Novilla, especialista em problemas reumáticos e resolvemos fazer uma nova série de testes. Não vou entrar em detalhes, mas o senhor nos disse que o David começou lições intensivas de dança em tenra idade e mais recentemente pratica esportes, futebol e tal. Com base nisso, estamos investigando a hipótese de as juntas, os joelhos e os tornozelos principalmente, terem se tornado local de uma reação."

"Reação a quê?"

"Muito estresse muito cedo na vida. Tiramos amostras de fluidos, que foram para o laboratório. Estou esperando o resultado hoje ou amanhã, no mais tardar."

"Entendo. É comum crianças fisicamente ativas reagirem desse jeito?"

"Não, comum, não. Mas possível. Temos de investigar todas as possibilidades."

"O David sente dor quase o tempo todo. Ele perdeu peso. Não me parece bem. Está assustado também. Alguém, não sei quem, disse para ele que ele vai morrer."

"Isso é absurdo. Levamos muito a sério os problemas dos nossos pacientes, señor Simón. Seria pouco profissional se não fosse assim. Mas certamente não é verdade que o David esteja em perigo. É um caso difícil, como eu disse, pode até haver um elemento idiopático, mas estamos nos esforçando. Vamos resolver o mistério. Ele vai poder voltar para o futebol e para a dança mais cedo, e não deve levar muito tempo. Pode contar isso a ele, da minha parte."

"E as quedas? Os problemas dele não começaram com dor nas juntas, o senhor sabe. Começaram com ele caindo quando jogava futebol."

"As quedas são uma questão separada. Sobre isso posso ser bem objetivo. As quedas têm uma causa neurológica simples. Vamos ter condições de cuidar dos espasmos que precipitam as quedas assim que a saúde dele tiver melhorado, assim que a inflamação tiver cessado e ele não estiver mais sentindo dor. São várias possibilidades de diagnóstico que podemos explorar: algum tipo de perturbação vestibular que se manifesta como vertigem, por exemplo, ou uma afecção rara conhecida como coreia. Mas tudo isso toma tempo. Não podemos apressar o corpo enquanto ele se recupera. Quando o corpo estiver recuperado, podemos começar um ciclo de exercícios de fortalecimento muscular. Agora, se me dá licença..."

Ele vaga pelo terreno do hospital à espera de que a aula da señora Devito termine para poder ficar a sós com David.

"Como foi a aula?", ele pergunta.

O menino ignora a pergunta. "A Inés faz massagem nas minhas pernas", ele diz. "Você pode fazer também?"

"Claro! A massagem ajuda a passar a dor nas pernas?"

"Um pouco."

Delicadamente, o menino se estica e baixa a calça do pijama. Com o creme que encontra no armário, ele massageia as coxas e panturrilhas, com cuidado para não apertar os joelhos inchados.

"A Inés quer ser boa para mim, que ser minha mãe, mas não pode, pode?" pergunta o menino.

"Claro que ela pode. Ela tem uma dedicação por você que só uma mãe teria."

"Eu gosto dela, mesmo ela não podendo ser minha mãe. Gosto de você também, Simón. Gosto dos dois."

"Que bom. Inés e eu amamos você e vamos sempre cuidar de você."

"Mas vocês não têm como impedir que eu morra, né?"

"Sim, temos. Você vai ver. Inés e eu vamos ser velhinhos quando chegar a sua hora, a hora de você florescer. Você vai ser um dançarino famoso, ou um jogador de futebol famoso, ou um matemático famoso, o que você escolher, talvez as três coisas. Nós vamos ter orgulho de você, pode ter certeza."

"Quando eu era menor, queria ser igual o Dom Quixote e salvar as pessoas. Lembra?"

"Claro que lembro. Salvar as pessoas é um bom ideal para ter. Mesmo que não salve as pessoas como profissão, igual ao Dom Quixote, você pode salvá-las nas horas livres, quando não estiver fazendo matemática, nem jogando futebol."

"Está brincando, Simón?"

"É, estou brincando."

"Matemática é a mesma coisa que números?"

"Em certo sentido. Não existiria matemática se não existissem os números."

"Acho que eu vou fazer só números, não matemática."

"Me conte como foi sua aula com a señora Devito."

"Contei pra ela como se dança sete e como se dança nove. Mas ela disse que dançar não é importante. Disse que não prepara a gente pra vida. Disse que eu tenho de aprender matemática porque tudo nasce da matemática. Ela disse, se você for muito inteligente, não precisa pensar com palavras, pode pensar com matemática. Ela é amiga do Dmitri. Acha que o Dmitri vai matar ela?"

"Claro que não. Eles nunca iam deixar o Dmitri sair da ala trancada se achassem que ele podia matar gente. Não, o Dmitri é um homem regenerado. Curado e regenerado. Os médicos fizeram um bom trabalho com ele. E vão fazer um bom trabalho com você também, você vai ver. Precisa ter paciência."

"O Dmitri disse que os médicos não sabem do que estão falando."

"O Dmitri não sabe nada de medicina. Ele é apenas um atendente, um faxineiro. Não preste atenção no que ele diz."

"Ele disse que se eu morrer ele se mata para poder ir comigo. Disse que eu sou o rei dele."

"O Dmitri sempre foi um pouco avariado, um pouco louco. Vou falar com o dr. Ribeiro e perguntar se o Dmitri não pode ir para outro andar. Essa conversa mórbida não é boa pra você."

"Ele disse que, quando as pessoas morrem, ele leva elas para o porão e põe na geladeira. Disse que esse é o trabalho dele. Você acha que é verdade? Ele põe mesmo as pessoas na geladeira?"

"Agora chega, David. Chega dessa conversa mórbida. A massagem adiantou?"

"Um pouco."

"Tudo bem, vista a calça. Vou sentar aqui com você, segurar sua mão e você vai tirar uma soneca para estar bem e animado quando seus amigos chegarem."

Durante as duas horas seguintes, o menino dorme de fato, intermitentemente. Quando as crianças chegam, ele está com um aspecto melhor, com um brilho nos olhos.

São menos visitantes que no dia anterior, mas o pequeno Artemio está entre eles, assim como Maria Prudencia e o menino alto do orfanato. Maria trouxe um buquê de flores do campo, que coloca sem cerimônia em cima da cama.

Ele está começando a gostar de Maria.

"O que vocês querem ouvir?", David pergunta. "Querem ouvir mais do Dom Quixote?"

"Isso! Dom Quixote! Dom Quixote!"

"Dom Quixote seguiu com seu cavalo, mais e mais, para dentro da tempestade. O céu estava escuro e a areia girava em volta dele. A luz de um raio revelou as paredes de um castelo. Ele parou na frente da muralha e gritou: 'Atenção! O valente Dom Quixote chegou! Abram os portões!'.

"Três vezes ele teve de gritar 'Dom Quixote chegou!' até os portões se abrirem com um rangido. Montado em seu corcel Sombra, Dom Quixote entrou no castelo.

"Assim que ele entrou os portões se fecharam e uma voz trovejou: 'Bem-vindo, valente Dom Quixote, ao Castelo dos Perdidos. Eu sou o Príncipe das Terras Desertas e deste dia em diante você vai ser meu escravo!'.

"Então os subordinados armados com paus e varas caíram em cima do Dom Quixote. Ele se defendeu com valentia, mas mesmo assim foi arrancado do seu cavalo, tiraram sua armadura e o jogaram num calabouço, onde ele se viu na companhia de muitos outros viajantes infelizes capturados e escravizados pelo Príncipe das Terras Desertas.

"'O senhor é o famoso Dom Quixote?', perguntou o chefe dos escravos.

"'Sou eu', disse Dom Quixote.

"'O Dom Quixote que dizem que *nenhuma corrente pode amarrar, nenhuma prisão prender?*'

"'Isso mesmo', disse Dom Quixote.

"'Então liberte a gente, Dom Quixote!', o chefe dos escravos implorou. 'Liberte a gente do nosso destino cruel!'

"'Liberte! Liberte!', gritaram em coro os outros escravos.

"'Não tenham dúvida de que vou libertar vocês', disse Dom Quixote. 'Mas tenham paciência. Quanto tempo levará e como libertarei vocês ainda está obscuro para mim.'

"'Liberte a gente agora!', gritaram em coro. 'Já tivemos paciência demais! Se é mesmo Dom Quixote, liberte a gente! Faça as nossas correntes caírem! Faça as paredes da nossa prisão virarem pó!'

"Então Dom Quixote ficou bravo. 'Eu sigo o chamado do cavaleiro andante', ele disse. 'Corro o mundo endireitando o errado. Não faço mágica. Vocês me pedem milagres, mas não me oferecem nem comida, nem bebida. Que vergonha para vocês!",

"Então os escravos ficaram com vergonha e trouxeram comida e bebida e imploraram que Dom Quixote perdoasse a grosseria deles. 'O que o senhor mandar, nós faremos, Dom Quixote', eles disseram. 'Liberte a gente do cativeiro e seguiremos o senhor até o fim do mundo.'"

David fez uma pausa. Em silêncio, as crianças esperaram a próxima palavra.

"Agora estou cansado", ele diz. "Agora eu vou parar."

"Não pode contar o que acontece depois?", pergunta o menino alto. "Ele liberta os prisioneiros? Escapa do castelo?"

"Estou cansado. Está tudo escuro." David puxa os joelhos até o peito, desliza de lado na cama. Seu rosto assume um ar vazio.

Dmitri dá um passo à frente, ergue o dedo aos lábios. "Hora de ir embora, meus amiguinhos. Nosso mestre teve um longo dia, precisa descansar. Mas o que eu tenho aqui?" Ele revira o bolso, tira um punhado de balas que joga à direita e à esquerda.

"O David vai melhorar?" Quem pergunta é o pequeno Artemio.

"Claro que ele vai melhorar! Acha que um bando de pigmeus de casaco branco pode derrotar o valente David? Não: nem todos os médicos do mundo conseguem derrubar o David, não. Ele é um leão, um leão de verdade, o nosso David. Voltem amanhã e vocês vão ver." E ele apressa as crianças até o corredor.

Ele, Simón, vai atrás. "Dmitri! Uma palavrinha? O que você disse dos médicos, não acha que é irresponsável falar mal deles na frente do David? Se não está do lado deles, de que lado você está?"

"Do lado do David, claro. Do lado da verdade. Eu conheço esses médicos, Simón, e o que eles chamam de ciência médica. Acha que a gente não aprende umas coisinhas sobre os médicos limpando a sujeira deles? Deixe eu te dizer uma coisa, eles não têm nem ideia do que está errado com o seu filho, a menor ideia. Vão inventando a história com os exames, inventam a história e esperam pelo melhor. Mas não se preocupe. O David vai se curar. Não acredita em mim? Venha. Venha e escute da boca dele mesmo."

David observa impassível quando eles voltam.

"Diga para o Simón o que você me disse, David. Você tem fé nesses médicos? Acredita que eles têm capacidade de te salvar?"

"Tenho", o menino sussurra.

"Muita generosidade sua", diz Dmitri. "Não foi o que você me disse. Mas você sempre foi uma alma generosa, sempre foi generoso, bom, atencioso. O Simón está preocupado com você. Ele acha que você está indo ladeira abaixo. Eu falei pra ele não se preocupar. Falei que você vai se curar, apesar dos médicos. Você vai se curar, não vai? Do jeito que eu me curei arrancando a ruindade de mim."

"Quero ver o Jeremiah", diz o menino.

"Jeremiah?", pergunta ele, Simón.

"Ele está falando do cordeiro Jeremiah", diz Dmitri. "O cordeiro que fica no cercadinho atrás da Academia. O Jeremiah cresceu, não é mais um cordeiro, virou um carneiro. Você deve ter comido um pedaço do traseiro do Jeremiah no jantar de ontem."

"Ele não cresceu. Ele ainda está lá. Simón, você pode trazer o Jeremiah?"

"Vou trazer o Jeremiah. Vou até a Academia e, se o Jeremiah ainda estiver lá, eu trago pra você. Mas, se o Jeremiah não estiver lá, tem algum outro animal que eu possa trazer?"

"O Jeremiah está lá. Eu sei."

As convulsões começam nessa mesma noite, durante o turno de Inés. De início, são meros tremores: o corpo do menino fica rígido, as mãos se contraem, ele range os dentes e faz uma careta; aí os músculos relaxam e ele volta a ser ele mesmo. Mas logo os tremores voltam, cada vez mais intensos, um atrás do outro, numa onda. De sua garganta sai um gemido — "como se algo se rasgasse dentro dele", Inés relata. Seus olhos reviram nas órbitas, ele arqueia as costas, e uma convulsão total, a primeira de muitas, o domina.

O médico de plantão, jovem e inexperiente, administra um antiespasmódico, sem nenhum efeito. As convulsões vêm mais depressa, uma atrás da outra, praticamente sem pausa entre elas.

Quando ele vem assumir o posto de Inés, a tempestade passou. O menino está inconsciente, ou dorme, embora de vez em quando um ligeiro tremor percorra seu corpo.

"Pelo menos agora a gente sabe qual é o problema", ele diz.

Inés olha para ele sem expressão.

"Pelo menos sabemos a raiz do problema."

"E qual é?"

"Sabemos o que provoca as quedas. O que provoca as ausências, os momentos em que ele parece estar em outro lugar.

Mesmo que não tenha cura, pelo menos a gente sabe o que está errado. O que já é melhor que nada. Melhor que não saber. Vá pra casa, Inés. Durma um pouco. Esqueça a loja. A loja se vira sozinha."

Ele solta a mão de Inés da mão do menino. Ela não resiste. Então ele faz algo que não teve coragem de fazer antes: estende a mão, toca seu rosto, dá um beijo em sua testa. Os soluços brotam de dentro dela; ele a ampara, a deixa chorar, deixa a dor se expressar.

14.

As primeiras palavras que o menino pronuncia ao abrir os olhos são: "Você trouxe o Jeremiah?".

"Daqui um minuto eu te falo do Jeremiah. Primeiro, quero saber como você está."

"Tem um gosto de pêssego podre na minha boca e estou com dor de garganta. Me deram sorvete, mas o gosto ruim voltou. Disseram que vão tirar o sangue velho e injetar sangue novo nas minhas veias, daí eu saro. Cadê o Jeremiah?"

"Sinto dizer que o Jeremiah ainda está na Academia enquanto o Alyosha procura uma gaiola em que ele caiba. Se não encontrar, vai fazer uma. Aí, ele traz o Jeremiah de ônibus. Ele prometeu. Enquanto isso — olhe! — eu trouxe dois novos amigos."

"O que eles são?"

"Pardais. Depois que falei com o Alyosha, parei num pet shop e comprei pra você. Gostou? Os nomes deles são Rinci e Dinci. Rinci é o macho, Dinci é a fêmea."

"Não quero eles. Quero o Jeremiah."

"O Jeremiah está a caminho. Acho que você devia receber

melhor seus novos amigos. Eles esperaram a manhã inteira pra te encontrar. Ouça como cantam. O que eles estão dizendo?"

"Não estão dizendo nada. São passarinhos."

"*O famoso David! O famoso David!* É isso que eles estão dizendo e repetindo, na língua deles. Agora, que história é essa de sangue novo?"

"Vão mandar o sangue novo de trem. O dr. Ribeiro vai injetar em mim."

"Que bom. É uma boa notícia. O que você quer que eu faça com o Rinci e a Dinci?"

"Solte eles."

"Tem certeza? São pássaros de pet shop. Não estão acostumados a se virar sozinhos. E se vem um falcão e come os dois?"

"Solte aqui dentro onde não tem falcão."

"Vou fazer isso, mas você vai ter de se lembrar de dar comida para eles. Vou trazer comida de passarinho amanhã. Enquanto isso, pode dar migalhas de pão."

Leva algum tempo para convencer os dois passarinhos a saírem da gaiola. Uma vez livres, eles voam pelo quarto, batem em coisas e finalmente se acomodam lado a lado no varão da cortina, parecendo infelizes.

A história do sangue novo se mostra verdadeira, ou em parte verdadeira, como ele é informado pelo próprio dr. Ribeiro. É política do hospital manter um suprimento de sangue à mão para cada paciente internado, no caso de necessidade. Como o sangue de David é de um tipo raro, tiveram de fazer o pedido a Novilla.

"O senhor pensa em fazer uma transfusão de sangue no David? É por causa das convulsões?"

"Não, não, o senhor entendeu mal. O sangue é uma coisa separada. O sangue precisa estar disponível, como precaução, num caso de emergência. É nossa política geral."

"E o sangue está a caminho?"

"O sangue estará a caminho assim que o banco de sangue de Novilla encontrar um doador. Pode levar algum tempo. O tipo do David é raro, como eu disse. Extremamente raro. Quanto às convulsões, estabelecemos um novo regime de medicação para controlar o quadro. Vamos ver como funciona."

As novas drogas não só deixam David tonto como parecem baixar seu ânimo. A aula matinal com a señora Devito é cancelada. Quando chegam as visitas dos apartamentos, Simón pede que falem baixo e deixem o menino dormir. Mas logo há um novo influxo: Alyosha, o jovem professor da Academia com quem David teve o contato mais profundo, acompanhado de uma porção de colegas de David. Alyosha traz, triunfante, uma gaiola de arame com o cordeiro Jeremiah, ou pelo menos o último na sucessão de cordeiros chamados Jeremiah.

Assim que Jeremiah é solto, não há como controlar as crianças, que correm gritando e rindo, tentando pegá-lo enquanto seus cascos duros deslizam e escorregam no chão liso.

Ele, Simón, fica atento ao cachorro em seu abrigo debaixo da cama. Mesmo assim, ele é lento no agir quando Bolívar sai e avança sobre o cordeiro distraído. No último minuto, ele pula em cima do cachorro, agarra-o pelo pescoço e luta com ele até imobilizá-lo.

O cachorro imenso luta para se libertar. "Não consigo segurá-lo!", ele diz, ofegando, para Alyosha. "Tire o cordeiro daqui!"

Alyosha encurrala o cordeiro, que bale, e o ergue nos braços.

Ele solta Bolívar, que anda em torno de Alyosha, à espera de que ele se canse, pronto para saltar.

"Bolívar!" A voz de David. Ele se senta na cama, braço levantado, apontando o dedo. "Aqui!"

Com um único salto fácil o cachorro sobe na cama e se acomoda, os olhos colados nos de David. O silêncio domina o quarto.

"Me dê o Jeremiah!"

Alyosha baixa o cordeiro e o coloca nos braços de David. O cordeiro para de chutar e se debater.

Durante um longo momento, eles se encaram, o menino que aninha o cordeiro, o cachorro que ofega ligeiramente, à espera de uma chance.

O encanto se quebra com a chegada de Dmitri. "Oi, criançada! O que está acontecendo? Oi, Alyosha, como vai você?"

Com severidade, Alyosha gesticula para Dmitri se calar. Nunca houve qualquer amor entre os dois.

"E você, David", diz Dmitri, "o que está aprontando?"

"Estou ensinando o Bolívar a ser bonzinho."

"O cachorro é primo do lobo, menino. Não sabia disso? Você nunca vai ensinar o Bolívar a ser bonzinho com cordeiros pequenos. É da natureza dele caçar os bichinhos e estraçalhar o pescoço deles."

"O Bolívar vai me escutar." Ele põe o cordeiro na frente do cachorro. O cordeiro se debate em suas mãos. Bolívar não se mexe, os olhos fixos nos do menino.

De repente, o menino se cansa e cai de costas na cama. "Pegue ele, Alyosha", diz.

Alyosha pega o cordeiro. "Vamos, crianças, digam tchau. É hora de o David descansar. Tchau, David. A gente volta amanhã com o Jeremiah."

"Deixe o Jeremiah aqui", o menino ordena.

"Não é uma boa ideia, não com o Bolívar aqui. A gente traz o Jeremiah de novo amanhã, prometo."

"Não. Quero que ele fique."

Assim a questão é resolvida: predomina a vontade de David. Jeremiah fica em sua gaiola de arame, com uma cama de jornal para absorver a urina e um maço de espinafre trazido da cozinha para sustentá-lo.

Quando Inés chega para o seu turno, o cordeiro está dormindo idiotamente. Ela também adormece. Quando acorda, à primeira luz da manhã, a gaiola está caída de lado e não resta nada do cordeiro, a não ser a cabeça e um emaranhado sangrento de pele e membros no chão antes limpo.

Ela espia debaixo da cama e encontra o olhar pétreo do cachorro. Ela sai do quarto na ponta dos pés, volta com um balde e um esfregão, e limpa a sujeira o melhor que pode.

15.

Depois da morte de Jeremiah, o cordeiro, ocorre uma mudança no menino. As visitas são recebidas não mais com um sorriso, mas com fria reserva. Quanto aos pardais Rinci e Dinci, eles desapareceram nas entranhas do prédio do hospital. Ninguém fala deles, nem de seu destino.

Uma das enfermeiras, ou talvez a señora Devito, pendurou um cordão de luzes festivas, azuis e vermelhas, na parede acima da cama de David. Elas piscam de modo incongruente, mas ninguém as remove.

Durante algumas visitas, o menino permanece em silêncio do começo ao fim. Outros dias, ele se lança sem preâmbulo em uma de suas histórias de Dom Quixote, e quando termina se recolhe de novo, como para refletir mais sobre seu significado.

Uma de suas histórias é sobre Dom Quixote e a bola de barbante.

Certo dia, as pessoas levaram a Dom Quixote uma bola de barbante emaranhado. *Se você for realmente Dom Quixote*, disseram, *vai ser capaz de desembaraçar essa bola de barbante.*

Dom Quixote não disse uma palavra, mas pegou sua espada e com um só golpe cortou ao meio a bola de barbante. *Ai de vocês*, disse, *por terem duvidado de mim.*

Ao ouvir a história, ele, Simón, se pergunta quem são "as pessoas" que levam a bola de barbante para Dom Quixote. Seriam pessoas como ele?

Outra história envolve Rocinante.

Um homem foi até Dom Quixote e disse: *Esse é o famoso Rocinante, o cavalo que sabe contar? Quero que seja meu. Qual o preço?*

A ele Dom Quixote respondeu: *Rocinante não tem preço.*

Um cavalo que sabe contar pode ser raro, disse o homem, *mas certamente não é inestimável. Não existe no mundo nada que não tenha preço.*

Dom Quixote disse: *Oh, homem, você não vê o mundo em si, mas apenas a medida do véu que vela o mundo. Ai de você, cego.*

As palavras de Dom Quixote deixaram o homem perplexo. *Me mostre ao menos como o cavalo conta*, disse.

Então, Sancho falou: *Ele põe um pé na frente do outro e faz clop-clop para dois e clop-clop-clop para três. Agora vá embora e pare de incomodar meu mestre.*

Outra história de David é sobre Dom Quixote e a virgem, *la virgen de Extremadura.*

Levaram perante Dom Quixote uma virgem que tinha um bebê sem pai.

Então Dom Quixote perguntou à virgem: *Quem é o pai desse bebê?*

A virgem respondeu: *Não sei dizer quem é o pai porque tive relação sexual com Ramón e tive relação sexual com Remi.*

Então Dom Quixote mandou trazerem até ele Ramón e Remi. *Qual de vocês é o pai deste bebê?*, perguntou.

Ramón e Remi não responderam, ficaram em silêncio.

Então Dom Quixote disse: *Que tragam uma banheira cheia de água*, e trouxeram uma banheira cheia de água. Então, Dom Quixote despiu o bebê e o colocou na água. *Que o pai desse bebê dê um passo à frente*, disse.

Mas nem Ramón nem Remi avançaram.

Então o bebê afundou na água, ficou azul e morreu.

Então Dom Quixote disse para Ramón e Remi: *Ai de vocês dois*; e para a virgem disse: *Ai de você também*.

Quando David termina a história da virgem de Extremadura, as crianças ficam em silêncio, intrigadas. Ele, Simón, quer protestar: *Se a moça tinha tido relações, como podia ser virgem?* Mas não, ele morde a língua e se contém.

Outra das histórias de David é sobre um professor de matemática.

Durante suas viagens, Dom Quixote topou com um congresso de homens estudados. Um professor de matemática demonstrava como medir convenientemente uma montanha. *Plante no chão uma vara de um metro de altura*, disse, *e observe sua sombra. No momento em que a sombra da vara medir um metro, meça a sombra da montanha. E, oh, o tamanho da sombra revelará a altura da montanha.*

Os estudiosos se juntaram no aplauso ao professor por sua engenhosidade.

Então Dom Quixote dirigiu-se ao professor. *Homem vaidoso!*, disse. *Não sabe que está escrito: Aquele que não escala a montanha não pode saber sua altura?*

Então Dom Quixote seguiu seu caminho, cheio de desdém pelos homens, enquanto os homens de estudo riam atrás de suas barbas.

"Você nunca contou o que aconteceu com o cavalo branco com asas", diz o pequeno Artemio, "aquele que voou para o céu. Ele não voltou para o Dom Quixote?"

David não responde.

"Eu acho que ele voltou", diz Artemio. "Ele voltou e ficou amigo do Rocinante. Porque um sabia dançar e o outro sabia voar."

"Quieto!", diz Dmitri. "Não vê que o jovem mestre está pensando? Tenha mais respeito e cale a boca enquanto ele pensa."

Mais e mais, Dmitri se refere a David como *o jovem mestre*. Isso irrita a ele, Simón.

A morte do cordeiro deixou sua marca em Inés também. Ao cordeiro em si ela é indiferente. O que a incomoda é o fato de ela ter dormido durante a matança. "E se o David tivesse tido uma convulsão?", ela pergunta. "E se ele tivesse precisado de mim enquanto eu estava dormindo profundamente?"

"Nenhum ser humano consegue trabalhar o dia inteiro na loja e depois passar a noite inteira acordado", ele responde. "Deixe eu ficar com o turno da noite." Então eles trocam a rotina. Quando o bando de crianças vai embora à tarde, ele vai junto. Faz a refeição noturna em seu apartamento, tira um cochilo de uma ou duas horas, depois pega o último ônibus para render Inés.

Com sua influência sobre o pessoal da cozinha — os poderes dele dentro do hospital parecem ilimitados —, Dmitri garantiu que David receba mingau de aveia cremoso de manhã e purê de batatas com ervilhas à noite. "Nada é bom demais para o jovem mestre", ele diz, e paira sobre David, assiste enquanto ele come, embora David, na verdade, coma como um passarinho.

Todas as enfermeiras desgostam de Dmitri e ele, Simón, não se surpreende com isso. A irmã Rita, em especial, fica tensa quando ele entra na ala, e não responde quando se dirige a ela. Só a señora Devito, a professora, parece estar em bons termos com ele. Mais e mais ele se convence de que há algo entre os dois. Um arrepio percorre suas costas. O que a atrai em um homem que é um assassino confesso?

Ele sabe muito bem que Dmitri caçoa dele pelas costas, chamando-o de "o homem da razão", o homem cujas paixões estão sob controle. *Que mundo seria este se todos nos submetêssemos à norma da razão?*, Dmitri perguntou uma vez, e ele mesmo deu a resposta: *Um mundo muito, muito chato.* O que ele, Simón, gostaria de dizer é: *Chato talvez, mas melhor que um mundo governado pela paixão.*

As drogas que dão ao menino junto com o jantar, que visam eliminar as convulsões, o lançam em um sono profundo. Nas horas mortas da noite, ele às vezes acorda e dá um sorriso sonolento. "Estou tendo sonhos, Simón", ele sussurra. "Até de olhos abertos eu posso ter sonhos."

"Isso é bom", ele sussurra de volta. "Durma de novo agora. Você pode me contar os sonhos de manhã." E na claridade azulada da luz noturna ele pousa a mão na testa do menino até que durma de novo.

De vez em quando, há um intervalo lúcido em que os dois conseguem conversar.

"Simón, quando eu morrer você e a Inés vão fazer um bebê?", o menino murmura.

"Não, claro que não. Em primeiro lugar, você não vai morrer. Em segundo lugar, Inés e eu não temos esse tipo de sentimento um pelo outro, o tipo de sentimento que faz nascer um bebê."

"Mas você e a Inés podem ter relação sexual, não podem?"

"Podemos, mas não desejamos."

Há um longo silêncio, enquanto o menino reflete. Quando sua voz soa de novo, é ainda mais tênue. "Por que eu tenho que ser esse menino, Simón? Eu nunca quis ser esse menino com esse nome."

Ele espera mais, porém o menino adormece de novo. Ele apoia a cabeça nos braços e cai num sono leve também. Então, de repente, há canto de pássaros e o primeiro fulgor da manhã. Ele vai ao banheiro. Quando volta, o menino está acordado, com os joelhos apertados contra o peito.

"Simón", diz ele, "eu vou ser reconhecido?"

"Reconhecido? Reconhecido como herói? Claro. Mas antes você vai ter de realizar ações, o tipo de ações que vão fazer as pessoas lembrar de você; e essas ações terão que ser boas ações. Você viu como o Dmitri tentou ficar famoso fazendo uma má ação e onde está o Dmitri agora? Esquecido. Não reconhecido. Você vai ter que praticar boas ações, então alguém vai ter que escrever um livro sobre você, descrevendo seus muitos feitos. Geralmente é assim que acontece. Foi assim que Dom Quixote foi reconhecido. Se o señor Benengeli não tivesse escrito um livro sobre os seus feitos, Dom Quixote seria apenas um velho louco cavalgando pelo campo, sem ser reconhecido."

"Mas quem vai escrever um livro sobre os meus feitos? Você vai?"

"É, eu faço isso se você quiser. Não sou grande coisa como escritor, mas farei o melhor possível."

"Mas então você tem de prometer que não vai me entender. Quando você tenta me entender, estraga tudo. Promete?"

"Tudo bem, prometo. Vou simplesmente contar a sua história, até onde sei, sem tentar entender, a partir do dia em que te encontrei. Vou contar do barco que nos trouxe aqui, que eu e você procuramos a Inés e encontramos. Vou contar que você foi para a escola em Novilla, que foi transferido para a escola de crianças delinquentes, que escapou, que nós todos viemos para Estrella. Vou contar que você foi para a academia do señor Arroyo e era o melhor dançarino. Acho que não vou falar nada do dr. Fabricante e do orfanato dele. Melhor ele ficar de fora da história. E então, claro, vou contar todos os seus feitos depois que saiu do hospital, depois que sarou. Sem dúvida, vão ser muitos feitos."

"O que vai ser o meu maior feito? Quando eu dancei, isso era uma boa ação?"

"Era, quando dançava você abria os olhos das pessoas para coisas que elas não tinham visto antes. Sua dança se qualifica como uma boa ação."

"Mas eu não fiz muitos feitos na minha vida, fiz? Não tantos feitos como um herói de verdade."

"Claro que fez! Você salvou pessoas, muitas pessoas. Você salvou a Inés. Salvou a mim. Onde a gente estaria sem você? Alguns dos seus melhores feitos você fez sozinho, alguns fez com a ajuda do Dom Quixote. Você encarnou as aventuras dele. Dom Quixote era você. Você era Dom Quixote. Mas, eu concordo, a maior parte das suas boas ações ainda está por vir. São as que você vai fazer quando sarar e voltar para casa."

"E o Dmitri? Você vai deixar o Dmitri fora do livro também?"

"Não sei. O que eu devo fazer? Seja o meu guia."

"Acho que deve deixar o Dmitri no livro. Mas quando eu estiver na próxima vida não vou mais ser esse menino, e não vou ser amigo do Dmitri. Eu vou ser um professor e ter barba. Foi isso que eu decidi. Tenho que ir pra escola para ser professor?"

"Depende. Se você quer ensinar dança, uma academia como a do señor Arroyo será melhor que qualquer escola."

"Eu não quero ensinar só dança. Quero ensinar tudo."

"Se você quer ensinar tudo vai ter que ir para uma porção de escolas e estudar com muitos professores. Acho que você não vai gostar disso. Talvez você deva ser um sábio em vez de um professor. Não precisa ir para a escola para ser sábio. Pode simplesmente deixar crescer a barba e contar histórias: as pessoas vão sentar a seus pés e ouvir."

O menino ignora a alfinetada. "O que quer dizer *confesar*?", ele pergunta. "No livro diz que, quando soube que estava morrendo, Dom Quixote resolveu *confesarse*."

"Se confessar é um costume que as pessoas seguiam antigamente. Acho que não sei mais nada a respeito."

"*Confesarse* é o que o Dmitri fez depois que matou a Ana Magdalena?"

"Não exatamente. Tem de ser sincero para se confessar, e o Dmitri nunca é sincero. Ele mente para todo mundo, inclusive para si mesmo."

"Eu preciso me confessar?"

"Você? Claro que não. Você é uma criança sem culpa."

"E o que quer dizer *abominar*? Diz que Dom Quixote *abominó* suas histórias."

"Quer dizer que ele as rejeitou. Ele não acreditava mais nelas. Mudou de ideia e resolveu que elas eram ruins. Por que você está me fazendo essas perguntas?"

O menino se cala.

"David, Dom Quixote viveu nos tempos antigos, quando as pessoas eram muito estritas com as histórias que permitiam. Elas dividiam as histórias em boas e más. Histórias más eram as histórias que não se deviam ouvir porque tiravam a gente do caminho da virtude. Tinham de ser abominadas, como Dom Quixote fez com as histórias dele antes de morrer. Mas antes de você decidir que vai abominar suas próprias histórias, se é isso que está insinuando, tem três coisas que você precisa ter em mente. A primeira é que no nosso mundo, que não é tão estrito como o de antigamente, nenhuma das suas histórias do Dom Quixote será considerada uma história má. É a minha opinião e tenho certeza de que seus amigos concordam comigo. A segunda coisa é que Dom Quixote escolheu abominar as histórias dele porque estava no seu leito de morte. Você não está no seu leito de morte. Ao contrário, você tem uma vida longa e movimentada pela frente. E a terceira coisa é que Dom Quixote não abominava de verdade as próprias histórias. Ele disse isso só para finalizar o livro dele, o livro sobre ele. Falava no espírito que as pessoas chamam de ironia, mesmo que ele não use essa palavra. Se ele realmente abominasse as histórias, não teria animado as pessoas a escreverem essas histórias em primeiro lugar. Ele teria ficado em casa com seu cavalo e seu cachorro, olhando as nuvens no céu, esperando a chuva, comendo pão rústico e cebolas no jantar. Ele nunca teria sido reconhecido, muito menos ficado famoso. Enquanto você — você tem todas as oportunidades de ficar famoso. Só isso. Me desculpe fazer um discurso tão longo logo de manhã. Obrigado por me ouvir. Vou calar a boca agora."

Na noite seguinte, eles continuaram a conversa. O menino está visivelmente sonolento, mas luta contra os medicamentos, luta para ficar acordado. "Estou com medo, Simón. Quando eu durmo, os pesadelos estão lá me esperando. Tento fugir, mas não consigo porque não posso mais correr."

"Me conte esses pesadelos. Às vezes, quando a gente encontra as palavras para os nossos sonhos, eles perdem o poder sobre nós."

"Já contei meus sonhos para o médico, mas não ajudou, eles continuam voltando."

"Que médico foi esse? O dr. Ribeiro?"

"Não, o médico novo, de dente de ouro. Contei meus sonhos para ele e ele anotou num caderno."

"Ele comentou alguma coisa sobre eles?"

"Não. Perguntou da minha mãe e do meu pai, minha mãe e meu pai de verdade. Perguntou o que eu me lembrava deles."

"Não me lembro de nenhum médico com dente de ouro. Sabe o nome dele?"

"Não."

"Vou perguntar para o dr. Ribeiro. Agora você precisa dormir."

"Simón, como é morrer?"

"Eu respondo, mas só com uma condição. A condição é você concordar que não estamos falando de você. Você não vai morrer. Se falarmos sobre morrer, será falar sobre morrer de modo abstrato. Você aceita a minha condição?"

"Você só diz que eu não vou morrer porque é isso que os pais devem dizer. Mas eu não vou mesmo melhorar, vou?"

"Claro que vai! Agora: aceita a minha condição?"

"Aceito."

"Tudo bem. Como é morrer? Pelo que eu entendo, a gente está deitado olhando o azul do céu e vai ficando com mais e mais sono. Uma grande paz desce sobre a gente. Daí se fecham os olhos e pronto. Quando acorda, a gente está num barco cruzando o oceano, o vento no rosto, as gaivotas gritando no alto. É tudo fresco e novo. Como se a gente nascesse de novo naquele mesmo instante. Não se tem lembrança de nenhum passado, nenhuma lembrança de morrer. O mundo é novo, você é novo, há uma nova força nos membros. É assim que é."

"Eu vou ver o Dom Quixote na minha nova vida?"

"Claro: o Dom Quixote vai estar esperando no porto pra te cumprimentar. Quando os homens de uniforme tentarem te parar para pôr um cartão na sua camisa, com um novo nome e uma nova data de nascimento, ele vai dizer: 'Deixem ele passar, *caballeros*. Esse é *David, el famoso*, o famoso David, em quem eu me comprazo'. Ele vai erguer você e acomodá-lo atrás dele no Rocinante, e vocês dois vão cavalgar para realizar suas boas ações. Você vai poder contar para ele algumas de suas histórias, e ele vai contar para você algumas dele."

"Mas eu vou ter que falar outra língua?"

"Não. O Dom Quixote fala espanhol, então você vai falar espanhol também."

"Sabe o que eu acho? Acho que o Dom Quixote devia vir *aqui* e a gente fazer boas ações *aqui*."

"Isso seria ótimo. Com toda certeza ia dar uma sacudida em Estrella ter Dom Quixote em seu meio. Infelizmente, acho que não é permitido. É contra as regras invocar pessoas da próxima vida de volta para esta aqui."

"Mas como você sabe? Como sabe o que é permitido e não é permitido?"

"Não sei como eu sei, do mesmo jeito que você sabe essas canções engraçadas que você canta. Mas é assim que eu acho que funcionam as regras, as regras segundo as quais nós vivemos."

"Mas e se não tiver outras vidas? E se eu morrer e não acordar? Quem eu vou ser se eu não acordar?"

"Como assim, *não tiver outras vidas*?"

"Se acabarem as outras vidas, os números e tudo mais? Quem eu vou ser se simplesmente morrer?"

"Agora estamos escorregando para a linguagem que se chama filosofia, meu menino. Tem certeza de que quer embarcar numa nova linguagem tão tarde da noite? Não devia dormir? Podemos experimentar com a filosofia de manhã, quando você estiver mais acordado."

"Tenho que assistir aula para falar filosofia?"

"Não, você pode falar filosofia e espanhol ao mesmo tempo."

"Então quero falar filosofia agora! O que acontece se eu não acordar? E por que o Dom Quixote não pode vir para cá?"

"O Dom Quixote consegue atravessar o mar e vir para cá, mas ele só pode fazer isso num livro, como o livro em que ele veio quando chegou para você. Ele não pode aparecer para nós em carne e osso. Quanto a não acordar, se a gente não acordar mais mesmo, nunca, então — nada, nada, nada. Isso é o que eu quero dizer com filosofia. A filosofia nos diz quando não tem mais nada a dizer. A filosofia nos diz quando parar com a mente calma e a boca fechada. Sem mais perguntas, sem mais respostas."

"Sabe o que eu vou fazer, Simón? Antes de morrer, vou escrever tudo sobre mim numa folha de papel, dobrar bem pequenininha e segurar firme na mão. Aí, quando eu acordar na outra vida, posso ler o papel e descobrir quem eu sou."

"É uma ideia excelente, a melhor ideia que já ouvi em muito tempo. Guarde bem essa ideia, não deixe ela escapar. Quando você for velho, velho, daqui a muitos anos e chegar a hora de você morrer, lembre-se de escrever a sua história e levar com você para a outra vida. Então na outra vida você vai saber quem é, e todo mundo que ler a sua história também vai saber quem você é. De verdade, uma ideia excelente! Só tenha certeza de não deixar a mão que segura o papel passar na água, porque, lembre bem, a água lava tudo, e pode apagar a escrita.

"Agora é realmente hora de dormir, meu menino. Feche os olhos. Me dê a mão. Se acordar e precisar de alguma coisa, vou estar aqui."

"Mas eu não quero ser esse menino, Simón! Na outra vida eu quero ser eu, mas não quero ser esse menino. Dá para eu fazer isso?"

"A regra diz que você não tem escolha. A regra diz que você tem de ser quem você é e ninguém mais. Mas você nunca obedeceu às regras, não é? Então na outra vida, tenho certeza de que vai conseguir ser quem você quiser. Só tem que ser forte e decidido. Quem exatamente é esse menino que você não quer ser?"

"Esse menino." Ele aponta para o próprio corpo, as pernas debilitadas.

"É só uma falta de sorte, meu menino. Como eu te disse outro dia, o ar em volta da gente está cheio de criaturinhas malignas, pequenas demais para serem vistas a olho nu, cujo único desejo é entrar dentro da gente e passar a viver no nosso corpo. Em noventa e nove por cento dos casos, elas não conseguem entrar. Você, por acaso, foi o caso número cem, o caso da má sorte. Não vale a pena falar de má sorte. Agora durma."

16.

Quando ele chega no dia seguinte, há alguém ao lado da cama de David que ele não reconhece de imediato: uma mulher de vestido longo escuro com gola de babado, o cabelo grisalho penteado para trás, colado à cabeça. Só quando chega perto, Simón reconhece Alma, a terceira das três irmãs que lhes deram abrigo na fazenda quando chegaram a Estrella, sem amigos. Então a notícia da doença de David chegou longe!

Da poltrona no canto, um homem se desdobra: o señor Arroyo, diretor da Academia de Música.

Ele cumprimenta Alma, saúda Arroyo.

"O Juan Sebastián me disse que o David anda doente, então vim ver pessoalmente", diz Alma. "Trouxe umas frutas da fazenda. Faz tanto tempo que não vemos você, David. Sentimos saudades. Você precisa nos visitar assim que estiver melhor."

"Eu vou morrer, então não posso ir visitar."

"Acho que você não vai morrer, meu menino. Isso partiria muitos corações. Partiria o meu coração e o do Simón, com toda certeza o da sua mãe, o do Juan Sebastián, e isso só para começo de conversa. Além disso, não se lembra da mensagem que você me falou, a mensagem importante? Se morrer, não vai poder me entregar a mensagem e nenhum de nós vai saber qual era. Então, acho que você tem de concentrar toda a sua energia em melhorar."

"O Simón diz que eu sou o número cem, e o número cem tem de morrer."

Ele, Simón, intervém. "Eu estava falando de estatística, David. Era porcentagem. Porcentagem não é a vida real. Você não vai morrer, e mesmo que fosse morrer não seria porque você é o número cem ou o número noventa e nove ou qualquer outro número."

David o ignora. "O Simón disse que na outra vida eu posso ser outra pessoa, não tenho de ser esse menino e não tenho que ter uma mensagem."

"Você não gosta de ser esse menino?"

"Não."

"Se não gosta de ser esse menino, quem você preferia ser, David, na próxima vida?"

"Eu preferia ser normal."

"Que desperdício seria!" Ela põe a mão na cabeça dele. Ele fecha os olhos; seu rosto assume um ar de intensa concentração. "Como eu gostaria que na outra vida você e eu pudéssemos nos encontrar de novo e continuar com essas nossas conversas. Mas, como você diz, na outra vida provavelmente vamos ser outras pessoas. Que pena! Bom, está na hora de me despedir, tenho de tomar um ônibus. Até logo, rapaz. Com toda certeza não vou esquecer você, não nesta vida." Ela beija a testa dele, volta-se para o señor Arroyo. "Você toca para nós agora, Juan Sebastián?"

O señor Arroyo pega a caixa do violino, afina rapidamente o instrumento e começa a tocar. Não é uma música que ele, Simón, tenha ouvido antes, mas David reage com um sorriso de puro deleite.

A peça termina. Arroyo baixa o arco. "É hora de você dançar, David?", ele pergunta.

O menino faz que sim.

Arroyo repete a música do começo ao fim. David está com os olhos fechados, completamente imóvel, num mundo próprio. "Então", diz Arroyo. "Agora vamos embora."

Um dos mensageiros de bicicleta, seu colega, mostra a ele o jornal. "Não é o seu menino?", pergunta, e aponta uma foto de David muito sério, sentado na cama com um buquê de flores no colo, cercado pelas crianças do orfanato. Parada atrás dele, a señora Devito preside a cena. Apesar dos cachos dourados e da aparência saudável, a imagem dela tem uma característica esquisita que ele não consegue definir.

"Médicos intrigados com doença misteriosa", diz a manchete. Ele lê mais: "Os médicos da divisão pediátrica do hospital municipal estão intrigados com uma doença misteriosa que surgiu no orfanato Las Manos. Entre outros sintomas, há dramática perda de peso e debilitação do tecido muscular.

"O caso do jovem David, primeiro a manifestar a doença, torna-se ainda mais complicado devido ao fato de ele possuir um tipo sanguíneo que os médicos descrevem como extremamente raro. As tentativas de encontrar estoques de sangue compatível até agora não foram bem-sucedidas, apesar da consulta a todos os centros de coleta do país.

"Ao comentar o caso, o dr. Carlos Ribeiro, chefe da pediatria, descreve David como 'um rapaz valente'. Apesar dos recentes cortes de verbas, declarou, ele e sua equipe estão trabalhando dia e noite para chegar ao fundo da doença misteriosa.

"O dr. Ribeiro desmente os boatos de que a doença é causada por parasitas do rio Semiluna, que atravessa a área de Las Manos.

'Não há motivo para acreditar que se trata de uma doença parasitária', disse. 'As crianças de Las Manos não têm nada a temer.'

"Entrevistado, o dr. Julio Fabricante, diretor de Las Manos, disse que David é 'um excelente jogador de futebol e um membro valioso de nossa comunidade'. 'Sua ausência entre nós é duramente sentida', disse. 'Esperamos uma breve recuperação.'"

Como resultado da reportagem no *La Estrella*, ele e Inés são convocados à sala do dr. Ribeiro. "Estou tão preocupado quanto vocês devem estar", ele diz. "Vai totalmente contra a política do hospital permitir jornalistas nas alas. Falei a respeito com a señora Devito."

"Não me interessa nem um pouco a política do hospital", diz Inés. "O senhor disse ao jornal que o David tem uma doença misteriosa. Por que não contou isso para nós?"

O dr. Ribeiro faz um gesto de impaciência. "Não existe na ciência isso de doença misteriosa. É só floreio de jornalista. Nós estabelecemos que David sofre convulsões. O que ainda não foi definido é exatamente qual a relação das convulsões com os sintomas inflamatórios. Mas estamos trabalhando nisso."

"O David está convencido de que vai morrer", diz ele, Simón.

"O David está acostumado a levar uma vida ativa. Agora se vê confinado a uma cama. Se, consequentemente, ele se sente um pouco deprimido, é compreensível."

"O senhor não entendeu. Ele não está deprimido. Dentro dele, uma voz diz que ele vai morrer."

"Eu sou médico, señor Simón, não psicólogo. Mas se o senhor me alerta para o fato de que o David tem algum tipo de desejo de morte, vou levar em conta o seu alerta. Vou falar disso com a señora Devito."

"Não um desejo de morte, doutor, longe disso. O David não quer morrer. Ele vê a morte chegando e isso o enche de tristeza, ou arrependimento, não sei qual. Deprimido não é a mesma coisa que estar cheio de tristeza ou arrependimento."

"Señor Simón, o que eu posso dizer? O David sofre de uma afecção neurológica que provoca convulsões: isso nós estabelecemos. Durante a convulsão, o cérebro sofre o que podemos definir como um curto-circuito elétrico, com efeitos colaterais em todo o organismo. Consequentemente, não deve surpreender que ele experimente sentimentos do tipo que o senhor chama de tristeza ou arrependimento, ou escute vozes como as que o senhor descreve. Ele provavelmente experimenta outros sentimentos, sentimentos para os quais não há palavras em nossa língua. Meu trabalho é fazer com que ele volte ao normal, a uma vida normal. Uma vez que ele esteja fora do hospital, em ambiente normal, fazendo coisas normais, as vozes vão desaparecer, assim como a conversa sobre morte. Agora, tenho de voltar ao trabalho." Ele se levanta. "Obrigado por virem me ver. Mais uma vez, peço desculpas pela infeliz reportagem no jornal. Levo muito a sério suas preocupações e vou discutir o caso com a señora Devito."

17.

Passam-se dias. Não há melhora no estado de David. Os remédios que toma para diminuir a dor eliminaram também seu apetite; ele parece mais abatido que nunca; reclama de dores de cabeça.

Uma noite, quando Inés e ele estão juntos à cabeceira do menino, a señora Devito entra marchando, seguida por Dmitri, que empurra uma cadeira de rodas. "Venha, David", diz a jovem professora. "Hora da aula de astronomia que a gente tinha falado. Está animado? O céu está lindo e limpo para nós."

"Tenho de ir ao banheiro primeiro."

Ele ajuda o menino a ir ao banheiro, o apoia enquanto ele solta um jato fino de urina, amarelo-escuro por causa dos remédios.

"David, tem certeza de que quer ter essa aula? Você sabe que não precisa obedecer a señora Devito. Ela não é médica. Pode deixar para outro dia se não estiver com vontade."

O menino balança a cabeça. "Tenho que ir. A señora Devito não acredita em nada do que eu digo. Falei pra ela das estrelas escuras, as estrelas que não são números, e ela disse que isso não existe. Que eu estou inventando. Ela tem um mapa das estrelas e diz que qualquer estrela que não esteja no mapa dela é *extravagante*. Ela diz que eu pareço *extravagante* também quando falo das estrelas. Ela diz que isso tem de parar."

"O que tem de parar?"

"Ser *extravagante*."

"Não vejo por que você deveria parar. Ao contrário, acho que você deve ser tão *extravagante* quanto quiser. Você nunca me falou de estrelas escuras. O que são?"

"Estrelas escuras são estrelas que não são números. As que são números brilham. As estrelas escuras querem ser números, mas não conseguem. Elas rastejam pelo céu todo feito formigas, mas não dá para ver essas estrelas porque são escuras. Podemos ir agora?"

"Espere. Isso é interessante. O que mais você disse para a señora Devito que ela acha *extravagante* demais para acreditar?"

Apesar de exausto, há um brilho de animação no menino quando ele fala de corpos celestes. "Falei pra ela das estrelas que realmente brilham, as estrelas que são números. Contei por que elas brilham. Porque estão girando. É assim que elas fazem música. E falei das estrelas gêmeas. Queria contar tudo pra ela, mas ela falou que eu tinha que parar."

"O que são estrelas gêmeas?"

"Eu te disse, outro dia, mas você não ouviu. Toda estrela tem uma estrela gêmea. Uma gira para um lado e a outra para o outro. Elas não podem se tocar, senão desaparecem e não sobra nada, só vazio, então elas ficam longe uma da outra, em cantos diferentes do céu."

"Que fascinante! Por que acha que a señora chama tudo isso de extravagante?"

"Ela diz que as estrelas são feitas de rocha, então não podem brilhar, só podem refletir. Ela diz que as estrelas não podem ser números por causa da matemática. Diz que se cada estrela fosse um número, o universo estaria cheio de rocha e não haveria espaço para nós, a gente não ia poder respirar."

"E o que você respondeu?"

"Ela diz que a gente não pode ir viver nas estrelas porque não tem comida nem água lá, que as estrelas são mortas, que são só uns pedaços de rocha flutuando no céu."

"Se ela acha que as estrelas são só uns pedaços de rocha morta, por que quer te levar lá fora, à noite, para olhar pra elas?"

"Ela quer me contar histórias sobre elas. Ela acha que eu sou um bebê que só entende histórias. Podemos ir agora?"

Eles voltam. Dmitri ergue o menino, o acomoda na cadeira de rodas e o leva para o corredor. "Venham!", diz a professora. Ele e Inés vão atrás dela pelo corredor e atravessam o gramado, o cachorro acompanhando.

O sol já se pôs, as estrelas estão começando a emergir.

"Vamos começar por ali, no horizonte leste", diz a señora Devito. "Está vendo aquela estrela vermelha grande, David? Aquele é Ira, tem esse nome por causa da antiga deusa da fertilidade. Quando Ira brilha como brasa, é sinal de que vem chuva. E está vendo aquelas sete estrelas à esquerda, com as quatro estrelas menores no meio? Com o que você acha que elas se parecem? Que imagem você vê no céu?"

O menino balança a cabeça.

"Aquela é a constelação do *Urubú Mayor*, o grande abutre. Está vendo como ele abre as asas cada vez mais à medida que cai a noite? E está vendo o bico dele ali? Todo mês, quando a lua fica escura, o *Urubú* engole, em volta, todas as estrelinhas que consegue. Mas, quando a lua fica forte de novo, ela faz ele vomitar todas. E assim acontece, mês após mês, desde o começo dos tempos.

"*El Urubú* é uma das doze constelações do céu noturno. Para lá, mais perto do horizonte, estão *Los Gemelos*, os Gêmeos, e lá *El Trono*, o Trono, com seus quatro pés e seu encosto alto. Tem gente que diz que as constelações controlam nosso destino, dependendo de onde elas estão no céu no momento em que a gente começa nesta vida. Então, por exemplo, se você chegar sob o signo de Gêmeos, a história da sua vida vai ser uma história de procura do seu gêmeo, daquele que é destinado a você. E se você chega sob o signo de *La Pizarra*, a Lousa, sua tarefa na vida vai ser dar instrução. Eu cheguei sob o signo de *La Pizarra*. Talvez por isso eu seja professora."

"Eu ia ser professor, antes de começar a morrer", diz o menino. "Mas eu não cheguei sob nenhum signo."

"Todo mundo chega sob um signo. A cada momento uma ou outra constelação reina no céu. Existem muitos vazios no espaço, mas nenhum vazio no tempo — essa é uma das regras do universo."

"Eu não preciso estar no universo. Posso ser uma exceção."

Dmitri esteve parado em silêncio atrás da cadeira. Ele agora fala: "Eu avisei, señorita: o jovem David não é como nós. Ele vem de outro mundo, talvez até de outra estrela!".

A señora Devito dá uma risada alegre. "Esqueci! Esqueci! O David é nosso visitante, nosso visitante visível de uma estrela invisível!"

"Talvez não tenha doze constelações no céu", diz o menino, ignorando a gozação. "Talvez tenha só uma constelação, só que não dá para ver porque é muito grande."

"Mas *você* consegue ver, não consegue?", Dmitri pergunta. "Por maior que seja, *você* consegue ver."

"É, eu consigo ver."

"E como ela se chama, jovem mestre? Como é o nome dessa grande constelação?"

"Não tem nome. O nome ainda vai existir."

Ele, Simón, troca um olhar com Inés. Ela está com os lábios contraídos, a testa franzida em reprovação, mas não diz uma palavra.

"As aves têm seus próprios mapas do céu com as suas constelações", diz a señora Devito. "Elas usam as constelações para navegar. Voam vastas distâncias sobre o oceano sem ponto de referência, mas sempre sabem onde estão. Você gostaria de ser um pássaro, David?"

O menino se cala.

"Se tivesse asas, você não ia mais precisar das suas pernas. Não ia mais estar preso à terra. Ia ser livre, um ser livre. Não ia gostar disso?"

"Estou ficando com frio", diz o menino.

Dmitri tira o blusão de atendente e enrola nele. Mesmo à luz tênue, é visível a mancha de pelos escuros que cobre o peito e os ombros de Dmitri.

"E os números, David?", pergunta a señora Devito. "Lembra do outro dia, quando a gente estava na aula de números, você dizia que as estrelas são números, mas a gente não entendeu direito. Nós não entendemos, não foi, Dmitri?"

"Forçamos nosso intelecto, mas não conseguimos entender, estava além da nossa capacidade", diz Dmitri.

"Conte para a gente quais os números que você vê quando olha as estrelas", diz a señora Devito. "Quando você olha para Ira, a estrela vermelha, por exemplo, que números aparecem na sua cabeça?"

Chegou a hora de ele, Simón, intervir. Mas antes que ele possa abrir a boca, Inés dá um passo à frente. "Acha que eu não estou percebendo, señora?", ela chia. "Faz cara de boazinha, se finge de inocente, mas está rindo do menino o tempo inteiro, a senhora e esse homem." Ela arranca o blusão de Dmitri dos ombros do menino e o atira longe, furiosa. "Que vergonha, vocês!"

E com Bolívar a seu lado Inés vai embora, empurrando a cadeira de rodas pelo gramado irregular. Sob o luar, ele vê o menino de relance. Está com os olhos fechados, os traços relaxados, há um sorriso de contentamento em seus lábios. Parece um bebê no seio da mãe.

Ele deveria ir junto, mas não consegue resistir a ter sua própria explosão. "Por que caçoar dele, señora?", ele pergunta. "Você também, Dmitri. Por que chamar o menino de *jovem mestre* e gritar *Glória!* para ele? Acha divertido ridicularizar uma criança? Vocês não têm sentimento de humanidade?"

É Dmitri quem responde. "Ah, mas você me entende errado, Simón! Como eu posso caçoar do jovem David quando só ele tem o poder de me livrar deste inferno? Chamo o rapaz de meu mestre porque ele é o meu mestre, assim como eu sou o humilde servo dele. É simples assim. Mas e você? Ele não é o seu mestre também, você também não está num inferno próprio, chorando pra te libertarem? Ou resolveu ficar de boca fechada e pedalar a sua bicicleta por esta bendita cidade até o dia em que puder se aposentar no asilo de velhos com seu certificado de boa conduta e sua medalha de serviços meritórios? Viver uma vida sem culpa não vai te salvar, Simón! O que você precisa, o que Estrella precisa, é de alguém que venha e nos sacuda com uma nova visão. Não concorda, meu amor?"

"O que ele está dizendo é verdade, Simón", diz a señora Devito. Ela pega o blusão de Dmitri de onde Inés o jogou ("Vista, *amor*, vai ficar resfriado!") "Pode acreditar. No mundo inteiro, Dmitri é o seguidor mais fiel do David. Ele adora o menino do fundo do coração."

Ela parece falar sério, mas por que ele acreditaria nela? Ela pode dizer que o coração de Dmitri pertence a David, mas seu coração lhe diz que Dmitri é um mentiroso. Qual coração merece confiança: o coração de Dmitri, o assassino, ou o coração de *Simón, el Lerdo*, Simón, o Bobo? Quem pode dizer? Sem nem uma palavra, ele vira as costas e vai na direção das luzes do hospital, onde Inés já acomodou o menino na cama e está ocupada esfregando seus pés gelados entre as mãos.

"Por favor, cuide para essa mulher não ter mais nenhum contato com o David", ela ordena. "Senão, vamos tirar o menino do hospital."

"Por que você disse que ela estava rindo de mim?", o menino pergunta. "Eu não vi ela rindo."

"Não, você não veria. Eles riem de você e cobrem com as mãos, os dois."

"Mas por quê?"

"Por quê? Por quê? Não me pergunte, menino! Porque você diz coisas estranhas! Porque eles são bobos!"

"Vocês podem me levar pra casa agora."

"Está dizendo que quer ir pra casa?"

"É. E o Bolívar também. O Bolívar não gosta daqui."

"Então vamos embora já. Simón, enrole um cobertor nele."

A saída, porém, está bloqueada pela señora Devito, com Dmitri a seu lado. "O que está acontecendo aqui?", ela pergunta, com o cenho franzido.

"O Simón e a Inés vão me levar embora", diz David. "Vão me deixar morrer em casa."

"Você é paciente aqui. Não pode sair sem uma alta assinada por um médico."

"Então chame um médico!", diz Inés. "Imediatamente!"

"Vou chamar o plantonista. Mas já vou avisando: depende do médico e só dele dizer se o David pode ir embora."

"Tem certeza de que quer deixar a gente, meu jovem?", Dmitri pergunta. "Vamos ficar desolados sem você. Você trouxe vida para esse lugar sem alegria. E pense nos seus amigos. Quando eles chegarem amanhã para ver você, para se sentarem aos seus pés, seu quarto vai estar vazio, você terá ido embora. O que eu vou dizer para eles? *O jovem mestre fugiu? O jovem mestre abandonou vocês?* Eles vão ficar de coração partido."

"Eles podem ir até o nosso apartamento", diz o menino.

"E eu? O velho Dmitri? O Dmitri vai ser bem recebido no belo apartamento da señora Inés? E a linda señorita, sua professora, ela vai ser bem-vinda?"

A señora Devito volta ao lado de um rapaz com ar de rapina.

"É este menino", diz a señora Devito, "o que tem a chamada doença misteriosa. E esses são Inés e Simón."

"Os senhores são os pais?", pergunta o jovem médico.

"Não", diz Simón. "Nós somos os..."

"Somos", diz Inés, "nós somos os pais."

"E quem está encarregado do caso?"

"O dr. Ribeiro", diz a señora Devito.

"Desculpe, não posso assinar uma alta enquanto não tiver a autorização do dr. Ribeiro."

Inés se levanta. "Não preciso da autorização de ninguém para levar meu filho para casa."

"Eu não tenho uma doença misteriosa", diz o menino "Eu sou o número cem. Cem não é um número misterioso. O número cem é o número que tem que morrer."

O médico olha torto para ele. "Não é assim que funciona a estatística, rapaz. Você não vai morrer. Isto aqui é um hospital. A gente não deixa crianças morrerem aqui." Ele se volta para Inés. "Volte amanhã e fale com o dr. Ribeiro. Vou deixar um recado para ele." Ele se volta para Dmitri. "Leve o seu jovem amigo de volta para a ala, por favor. E o que esse cachorro está fazendo aqui? Você sabe que animais não são permitidos."

Inés não se digna a discutir. Agarra o guidão da cadeira de rodas e passa pelo médico.

Dmitri impede sua passagem. "Amor de mãe", ele diz. "É um privilégio ver isso, aquece o coração. De verdade. Mas a gente não pode deixar que leve o nosso jovem mestre."

Quando ele estende a mão para pegar a cadeira de rodas, Bolívar dá um rosnado grave. Dmitri afasta a mão ofensora, mas continua impedindo a passagem de Inés. O cachorro rosna de novo, no fundo da garganta. Está de orelhas baixas, o beiço superior afastado para revelar dentes longos, amarelados.

"Saia da frente, Dmitri", diz ele, Simón.

O cachorro dá um primeiro passo lento na direção de Dmitri, e então um segundo. Dmitri não recua.

"Quieto, Bolívar!", ordena o menino.

O cachorro se detém, o olhar fixo em Dmitri.

"Dmitri, sai da frente!", diz o menino.

Dmitri sai.

O jovem médico se dirige a Dmitri. "Quem permitiu esse animal perigoso aqui? Foi você?"

"Não é um animal perigoso", diz o menino. "É o meu guardião. Ele está me protegendo."

Sem que ninguém erga a mão para eles, deixam o hospital. Ele, Simón, carrega o menino e o põe no banco de trás do carro de Inés; o cachorro salta para dentro; eles abandonam a cadeira de rodas no estacionamento.

Ele se volta para Inés. "Inés, você foi magnífica." É verdade: ela nunca foi tão resoluta, tão determinada, tão rainha.

"O Bolívar também foi magnífico", diz o menino. "O Bolívar é o rei dos cachorros. Nós vamos ser uma família de novo?"

"Vamos", diz ele, Simón, "vamos ser uma família de novo."

18.

Por volta da meia-noite, nessa mesma noite, começa um novo ciclo de convulsões, uma atrás da outra, praticamente sem pausa. Desesperado, Simón vai de carro até o hospital e implora à enfermeira pelos remédios do menino. Ela recusa. "O senhor está agindo de um jeito praticamente criminoso", diz ela. "Nunca deviam ter deixado que levassem a criança. Vocês não fazem ideia do quanto é sério o estado dele. Me dê seu endereço. Vou mandar uma ambulância imediatamente."

Duas horas depois, o menino está de volta ao leito no hospital, num sono drogado, profundo.

O dr. Ribeiro fica furioso ao saber do que aconteceu durante a noite. "Eu posso impedir a entrada de vocês no hospital", ele diz. "Mesmo que fossem os pais do menino, coisa que não são, eu posso proibir vocês e aquele cachorro selvagem de vocês. Que tipo de gente vocês são?"

Ele e Inés ficam mudos.

"Por favor, saiam agora", diz o dr. Ribeiro. "Vão para casa. A equipe liga para vocês quando o menino estiver estável outra vez."

"Ele não come", diz Inés. "Parece um esqueleto."

"Vamos cuidar disso, não se preocupe."

"Ele diz que não tem fome. Diz que não precisa mais de comida. Não entendo o que está acontecendo com ele. Isso me assusta."

"Vamos cuidar disso. Vão para casa agora."

No dia seguinte, Inés recebe um telefonema da irmã Rita. "O David está chamando a senhora", diz a irmã Rita. "A senhora e seu marido. O dr. Ribeiro concorda com a visita, mas só por alguns minutos e sem o cachorro. O cachorro está proibido."

Mesmo depois de dois dias, a mudança de David é notável. Ele parece ter encolhido, como se tivesse seis anos outra vez. O rosto está pálido, abatido. Os lábios se movem, mas não conseguem emitir nenhum som. Há um apelo desamparado em sua expressão.

"Bolívar", ele diz, rouco.

"O Bolívar está em casa", diz ele, Simón. "Descansando. Está recuperando as forças. Logo ele vem ver você."

"Meu livro", diz, rouco, o menino.

Ele vai em busca da irmã Rita. "Ele está pedindo o livro do Dom Quixote dele. Procurei, mas não encontrei em lugar nenhum."

"Agora estou ocupada. Eu procuro depois", diz a irmã Rita. Há uma frieza nova no tom de sua voz.

"Sinto muito pelo que aconteceu na noite passada", ele diz. "Não pensamos direito."

"Pedir desculpas não adianta nada", diz a irmã Rita. "Não atrapalhar é que ajuda. Deixar a gente fazer o nosso trabalho. Aceitar que estamos fazendo todo o humanamente possível para salvar o David."

"Parece que nós não somos benquistos aqui, você e eu", ele diz a Inés. "Por que não volta para a loja. Eu fico aqui."

Ele tenta comprar um sanduíche na cantina, mas recusam ("Desculpe, só para funcionários").

Quando o grupo de fiéis amiguinhos de David chega à tarde, todos são dispensados pela irmã Rita. "O David está muito cansado para receber visitas. Voltem amanhã."

No fim do dia, ele encurrala a irmã Rita quando está saindo. "Encontrou o livro?" Ela olha para ele, sem entender. "*Dom Quixote*. O livro do David. Encontrou?

"Quando tiver tempo eu procuro", ela diz.

Ele fica pelos corredores, o estômago roncando de fome. Quando lhe dão os remédios da noite e acomodam o menino para dormir, ele se esgueira silenciosamente, se estica na poltrona e dorme.

Acorda com um sussurro insistente: "Simón! Simón!".

Imediatamente está alerta.

"Eu me lembrei de outra música, Simón, só que não posso cantar porque minha garganta está doendo muito."

Ele ajuda o menino a beber água.

"Os comprimidos vermelhos me deixam tonto", ele diz. "Tenho que tomar? Parece que tem abelhas zumbindo na minha cabeça, zzz-zzz-zzz. Simón, na próxima vida eu vou ter relação sexual?"

"Você vai ter relações sexuais nesta vida, quando tiver idade, e vai ter na outra vida também e em todas as outras vidas depois. Isso eu prometo."

"Quando eu era pequeno, eu não sabia o que era relação sexual, mas agora sei. E, Simón, quando vai chegar o sangue?"

"O sangue novo? Em alguma hora hoje, ou amanhã, no mais tardar."

"Que bom! Sabe o que o Dmitri diz? Ele diz que, quando injetarem em mim o sangue novo, a doença vai embora e eu vou me levantar em toda a minha glória. O que é a minha glória?"

"Glória é um tipo de luz que brilha nas pessoas quando elas são muito fortes e muito saudáveis, como atletas e dançarinos. Jogadores de futebol também."

"Mas Simón, por que você me escondeu no armário?"

"Quando eu te escondi num armário? Não me lembro de fazer isso."

"Você fez, sim! Quando eu era pequeno, vieram umas pessoas de noite, você me trancou num armário e disse pra elas que não tinha nenhum filho. Não lembra?"

"Ah, agora eu me lembro! Aquelas pessoas que vieram de noite eram os agentes do recenseamento. Escondi você no armário para que eles não transformassem você em um número e pusessem na lista do censo."

"Você não queria que eu desse minha mensagem pra eles."

"Não é verdade. Foi por você mesmo que eu te escondi, para te salvar do censo. Que mensagem você ia dar pra eles?"

"Minha mensagem. Simón, como diz *aquí* em outra língua?"

"Não sei, meu menino, eu não sou bom com línguas. Já te disse: *aquí* é só *aquí*. É a mesma coisa, não importa a língua que você fale. Aqui é aqui."

"Mas como diz *aquí* em outras palavras?"

"Não sei nenhuma outra palavra para isso. Todo mundo entende onde é aqui. Por que você quer outras palavras?"

"Eu quero saber por que eu estou aqui."

"Você está aqui para iluminar as nossas vidas, meu menino, a vida da Inés, a minha, a vida de todas as pessoas que te conhecem."

"E a vida do Bolívar também."

"Do Bolívar também. Por isso que você está aqui. Simples assim."

O menino parece não ouvir. Está de olhos fechados, como se ouvisse uma voz distante.

"Simón, eu estou caindo", ele sussurra.

"Você não está caindo. Está nos meus braços. É só uma tontura. Vai passar."

Lentamente, o menino volta de onde quer que tenha ido.

"Simón", diz, "tem um sonho, sempre o mesmo sonho. Eu sempre volto nele. Estou no armário, não consigo respirar e não consigo sair. O sonho não passa. Está esperando eu chegar."

"Desculpe. Do fundo do coração eu peço desculpas. Não me dei conta de que esconder você daquela gente ia deixar lembranças tão ruins. Se serve de consolo, o señor Arroyo também escondeu os filhos dele, o Joaquín e o Damián, para impedir que virassem números. Qual a mensagem que você daria aos agentes do recenseamento se eu não tivesse te escondido no armário?"

O menino balança a cabeça. "Ainda não é hora."

"Ainda não é hora para a sua mensagem? Ainda não é hora pra eu ouvir? O que você quer dizer? Quando vai ser hora?"

O menino se cala.

Assim que a irmã Rita começa a trabalhar, ele é peremptoriamente expulso do quarto de David. "Não ouviu o que o dr. Ribeiro falou, señor? O senhor não faz bem para o menino! Vá para casa! Pare de interferir!"

Ele pega o ônibus até o centro da cidade, toma um imenso café da manhã, vai ver Inés na Modas Modernas. Sentam-se na sala dela, nos fundos da loja. "Passei a noite com o David", ele diz. "Ele parece pior que nunca. Os remédios estão minando a força dele. Ele queria cantar pra mim, tem uma música nova, mas não conseguiu, estava muito fraco. Fala do sangue o tempo todo, o sangue que vai chegar de trem e salvar a vida dele. A esperança dele está ligada a isso."

"O que você vai fazer?", Inés pergunta.

"Eu não sei, querida, não sei. Estou muito desesperado."

Querida, ele nunca a chamou assim.

"Vou falar com outro médico hoje à tarde", diz ela. "Não do hospital. Um médico independente. A Inocencia me recomendou. Disse que ele curou a filha de uma vizinha quando os médicos normais tinham desistido. Quero que ele vá até o hospital, examinar o David. Não tenho mais fé no dr. Ribeiro."

"Quer que eu vá com você?"

"Não. Você só vai complicar as coisas."

"É isso que eu faço, complicar as coisas?"

Ela se cala.

"Bom", diz ele. "Espero que esse médico independente seja um médico de verdade com credenciais de verdade, senão não vão deixar que chegue nem perto do David."

Inés se levanta. "Por que você tem de ser tão negativo, Simón? O que é mais importante: que o David sare ou que a gente siga as regras e os regulamentos daquele hospital deles?"

Ele baixa a cabeça, sai.

19.

Como o hospital tem critérios próprios sobre quem contatar numa emergência, ele e Inés não são chamados quando o coração de David começa a apresentar batimento irregular e dificuldade respiratória e os médicos começam a se preparar para o pior. Em vez disso, ligam para o escritório do dr. Fabricante no orfanato e de lá para a irmã Luisa, na enfermaria. A irmã Luisa está ocupada, cuidando de um menino com impingem; quando ela chega ao hospital, David já foi declarado morto, a causa da morte ainda por determinar; o quarto em que ele morreu está fechado até segunda ordem (assim diz a mensagem na porta) para todo mundo, exceto para o pessoal autorizado.

Pedem à irmã Luisa que assine uma declaração aceitando se responsabilizar pelos arranjos funerários. Prudentemente, ela se recusa antes de falar com seu superior, o dr. Fabricante.

Quando ele, Simón, chega à tarde, depara-se com a mesma mensagem impressa: FECHADO ATÉ SEGUNDA ORDEM. Ele tenta a maçaneta, mas a porta está trancada. Pergunta no balcão de informações: *Onde está meu filho?* A mulher no balcão finge não saber. *Deve ter sido transferido*: é tudo que está disposta a dizer.

Ele volta ao quarto, chuta a porta até quebrar o trinco. A cama está vazia, o quarto, deserto, há um cheiro de desinfetante no ar.

"Ele não está aqui", diz a voz de Dmitri atrás dele. "E além disso, você vai ter de pagar o prejuízo com a porta."

"Onde ele está?"

"Você quer ver? Eu te mostro."

Escada abaixo, Dmitri o conduz ao porão, depois por um corredor cheio de caixas de papelão e equipamentos descartados. Ele escolhe uma chave de um chaveiro no cinto e destranca a porta marcada N-5. David está deitado nu numa mesa acolchoada, o tipo de mesa usada para passar roupa, com um cordão de luzes festivas piscando alternadamente em azul e vermelho à cabeceira e um buquê de lírios nos pés. Os membros emaciados com as juntas inchadas parecem menos grotescos na morte do que em vida.

"Eu trouxe as luzes", diz Dmitri. "Pareceu certo. As flores são do orfanato."

É como se tivessem sugado o ar de seus pulmões. É uma encenação, ele pensa, mas sente o pânico atrás dessa ideia. *Se eu acompanhar a encenação*, ele pensa, *se fingir que é de verdade, então tudo acaba, o David se senta, sorri e vai ser tudo como era antes. Mas acima de tudo*, ele pensa, *Inés não pode saber, Inés tem de ser protegida, senão ficará destruída, destruída.*

"Tire as luzes", ele diz.

Dmitri não se mexe.

"Como foi que aconteceu?", ele pergunta. A sala não tem ar, ele mal consegue ouvir a própria voz.

"Ele foi embora, como você pode ver", diz Dmitri. "Os órgãos do corpo não aguentaram mais, coitado. Mas em certo sentido, ele não foi embora. Num sentido mais profundo, ele ainda está conosco. É nisso que eu acredito. Tenho certeza de que você sente a mesma coisa."

"Não tente me falar do meu filho", ele sussurra.

"Não é seu filho, Simón. Ele pertencia a todos nós."

"Vá embora. Me deixe com ele."

"Não posso fazer isso, Simón. Tenho que trancar. É a regra. Mas não se apresse. Faça suas despedidas. Eu espero."

Ele faz um esforço para olhar para o corpo: os membros devastados, cujas extremidades já estão ficando azuis, as mãos relaxadas, vazias, o sexo encolhido, nunca usado, o rosto fechado como se tentasse se concentrar. Ele toca a face, incrivelmente fria. Pressiona os lábios na testa. Depois disso, sem saber como ou por quê, se vê de quatro no chão.

Que tudo termine, ele pensa. *Que eu acorde e tenha terminado. Ou que eu não acorde, jamais.*

"Não se apresse", diz Dmitri. "É difícil, eu sei."

Do saguão, ele telefona para a Modas Modernas. Inocencia atende. Ele não domina a própria voz, faz um esforço para se fazer ouvir. "Aqui é o Simón", diz. "Fale pra Inés vir para o hospital. Diga para ela vir imediatamente. Diga que encontro com ela no estacionamento."

Pelo rosto dele, por sua postura, Inés vê instantaneamente o que aconteceu. "Não!", ela grita. "Não, não, não! Por que você não me contou?"

"Calma, Inés. Seja forte. Me dê o braço. Vamos enfrentar isso juntos."

Dmitri está no corredor à espera deles. "Sinto muito", ele murmura. Inés se recusa a reconhecer sua presença. "Venham comigo", diz Dmitri e marcha rápido à frente.

As luzes coloridas não foram removidas. Inés as joga no chão, os lírios também: há um pop quando uma das lâmpadas se quebra. Ela tenta erguer a cabeça do menino nos braços; a cabeça dele pende para um lado.

"Fico esperando lá fora", diz Dmitri. "Vou deixar vocês chorarem em paz."

"Como aconteceu?", Inés pergunta. "Por que não me chamou?"

"Esconderam de mim. Esconderam de nós dois. Acredite, eu telefonei assim que descobri."

"Então ele estava sozinho?", Inés pergunta. Ela solta o corpo amarfanhado na mesa, junta os pés, dobra as mãos frouxas. "Ele estava sozinho? Onde você estava?"

Onde ele estava? Ele não suporta pensar. No momento em que o menino entregou o espírito, ele estava ausente, desatento, dormindo profundamente?

"Pedi para falar com o dr. Ribeiro, mas ele não está disponível", diz ele. "Ninguém está disponível. Não querem nos enfrentar. Estão escondidos, esperando a gente ir embora."

Ele sai do porão e vê de relance a figura da señora Devito se retirando. Movido pela raiva, vai atrás dela depressa. "Señora!", chama. "Posso falar com a senhora?"

Ela parece não ouvir. Só quando lhe agarra o braço ela se volta para ele. "Sim? O que foi?"

"Não sei se sabe, señora, mas meu filho faleceu hoje de manhã. A mãe e eu não estávamos com ele no final. Ele morreu sozinho. Por que não estávamos aqui, a senhora poderia se perguntar? Porque não fomos chamados."

"É? Não é responsabilidade minha chamar os familiares."

"Não, não é sua responsabilidade. Nada é sua responsabilidade. Seu amigo Dmitri tranca a pobre criança longe de nós, mas isso também não é sua responsabilidade. No entanto, a senhora levou o menino para o frio, na outra noite, para uma lição de astronomia, imagine só. Por quê? Por que achou que era sua responsabilidade ensinar a uma criança doente os nomes idiotas das estrelas?"

"Calma, señor! O David não morreu pelo toque do ar noturno. O senhor e sua esposa, por outro lado, removeram o menino à força dos nossos cuidados, contra a vontade dele e contra todos os alertas. De quem acha que é a culpa do que aconteceu depois?"

"Contra a vontade dele? O David pediu desesperadamente para sair das suas garras e voltar pra casa."

"Sente-se, señor. Escute. É hora de o senhor ouvir a verdade, por mais desagradável que seja. Eu conhecia o David. Era professora e amiga dele. Ele confiava em mim. O David era uma criança profundamente conflitada. Ele *não* queria voltar para o que o senhor chama de casa dele. Ao contrário, queria se livrar do senhor e da sua esposa. Ele reclamava que o senhor, principalmente, era sufocante, não deixava ele crescer para ser a pessoa que queria ser. Se não dizia isso na sua cara era porque relutava em ferir o senhor. Seria de surpreender que todo esse conflito interno dele começasse a se manifestar no nível físico? Não. Por meio da dor e da contorção, o corpo dele estava exprimindo o dilema que ele enfrentava, um dilema que achava literalmente insuportável."

"Que bobagem! A senhora nunca foi amiga do David! Ele só aguentava suas aulas porque estava preso ao leito, incapaz de sair. Quanto a seu diagnóstico da doença dele, é simplesmente risível."

"Não é um diagnóstico só meu. Por recomendação minha, o David fez várias sessões com um psiquiatra especialista e teria feito mais se seu estado não tivesse piorado. Esse especialista confirma minha leitura do David até o fim. Quanto à astronomia, meu trabalho é manter vivo o interesse intelectual das nossas crianças. O David e eu sempre trocávamos ideias sobre estrelas, cometas e assim por diante."

"Trocavam ideias! A senhora zombava das histórias dele sobre as estrelas. Dizia que eram *extravagantes*. A senhora disse a ele que as estrelas não têm nada a ver com números, que são apenas blocos de rocha flutuando no espaço. Que tipo de professora é a senhora que destrói assim as ilusões de uma criança?"

"As estrelas são de fato blocos de rocha, señor. Os números, ao contrário, são invenção humana. Números não têm nada a ver com estrelas. Nada. Nós criamos os números do nada para usar quando calculamos pesos e medidas. Mas tudo isso não vem ao caso. O David me contou as histórias dele e eu contei as minhas. As histórias dele, que ele evidentemente aprendeu na academia de música, me pareceram abstratas, fracas. As histórias que eu contei para ele eram mais adequadas à imaginação infantil.

"Señor Simón, o senhor passou por um momento difícil. Vejo que está perturbado. A morte de uma criança é uma coisa terrível. Vamos retomar essa conversa quando estivermos no controle das nossas emoções."

"Não, ao contrário, señora, vamos completar esta conversa agora, enquanto nossos sentimentos estão fora de controle. O David sabia que estava morrendo. Encontrou alívio na convicção de que depois da morte seria transladado para o céu, entre as estrelas. Por que desiludir o menino? Por que dizer que a convicção dele era extravagante? A senhora acredita em outra vida?"

"Acredito. Acredito. Mas a próxima vida vai ser aqui na terra, não entre as estrelas mortas. Nós morremos, nós todos, nos desintegramos e viramos material para que possa surgir uma nova geração. Existe uma vida depois desta, mas eu, esta que eu chamo de *eu*, não vai estar aqui. Nem o senhor. Nem o David. Agora, por favor, me deixe ir."

20.

Existe a questão do corpo, do que o hospital chama de *restos físicos*, os restos mortais. O orfanato Las Manos está registrado como o local de residência de David e o diretor do orfanato como seu guardião, portanto depende do dr. Fabricante resolver o que fazer com os despojos. Até o dr. Fabricante comunicar sua decisão, o corpo está aos cuidados do hospital e será guardado num espaço refrigerado, ao qual os membros do público não têm acesso. É o que ele fica sabendo pela mulher do balcão.

"Já conheço o que vocês chamam de espaço refrigerado", ele diz. "Na verdade, é uma sala no porão. Estive lá, levado por um dos seus serventes. Señora, eu não sou apenas um membro do público. Durante os últimos quatro anos, minha esposa e eu cuidamos do David. Nós o alimentamos, o vestimos, cuidamos de seu bem-estar. Nós amamos, estimamos o menino. Só queremos passar esta noite velando por ele. Por favor! Não estou pedindo muito. Quer que o menino passe sozinho a primeira noite da sua morte? Não! Essa ideia é insuportável."

A mulher ao balcão, ele não sabe o nome dela, tem a mesma idade que ele. Se deram bem anteriormente. Ele não inveja seu trabalho, aguentar parentes aflitos, manter a linha oficial. Ele não se orgulha de fazer esse apelo a ela.

"Por favor", ele diz. "Nós ficamos invisíveis."

"Vou falar com o meu superior", ela diz. "Ele não devia ter deixado vocês entrarem, o Dmitri, se foi o Dmitri que deixou. Pode criar problemas para ele."

"Não quero criar problemas para ninguém. O que estou pedindo é perfeitamente razoável. A senhora tem filhos, com certeza. Não ia fazer isso com um filho seu, deixar o coitado passar a noite sozinho."

Atrás dele, na fila, há uma moça com um bebê apoiado no quadril. Ele se vira para ela. "A senhora faria isso? Não, claro que não."

A jovem mãe vira o rosto, embaraçada. Ele sabe que está sendo impertinente, mas não é um dia comum.

"Vou falar com meu superior", repete a mulher ao balcão. Ele tem a impressão de que ela gostou dele, mas talvez esteja errado. Não há nada amigável no aspecto dela. Ela quer que ele vá embora: é tudo o que lhe importa.

"Quando vai falar com seu superior?"

"Quando eu puder. Depois que atender essas pessoas."

Ele volta uma hora depois, fica no fim da fila.

"Qual é a decisão?", ele pergunta, quando chega sua vez. "Sobre o David."

"Desculpe, mas não permitem. Não posso revelar as razões, mas são por causa da causa da morte. Para falar com franqueza, existem regras que a gente tem de seguir."

"Como assim, a causa da morte?"

"A causa da morte não foi definida. Até decidirem qual a causa da morte, temos que seguir as regras."

"E não tem nenhuma exceção a essas regras, nem para um menino pequeno no pior dia da vida?"

"Isto aqui é um hospital, señor. O que aconteceu aqui, acontece todos os dias, e nós lamentamos, mas o seu menino não é uma exceção."

Na confusão dos últimos dias de David, deixaram Bolívar sozinho no apartamento de Inés, esquecido, alimentado só irregularmente. Quando ele e Inés voltam do hospital essa noite, ele partiu.

Como a porta não estava trancada, a primeira suposição deles é que Bolívar devia estar uivando e um vizinho, irritado com o barulho, deixou que ele saísse. Ele faz uma expedição pela vizinhança, mas não o encontra. Desconfiado de que o cachorro possa estar tentando chegar até David, ele pega emprestado o carro de Inés e volta ao hospital. Mas ninguém o viu.

Logo de manhã, ele telefona para Las Manos e fala com a secretária de Fabricante. "Se por acaso um cachorro grande aparecer no orfanato, pode me avisar?", pergunta ele.

"Eu não gosto de cachorros", diz a secretária.

"Não estou pedindo que goste do cachorro, simplesmente que informe sobre a presença dele", ele diz. "Isso sem dúvida a senhora pode fazer."

Inés está cheia de censura. "Se você tivesse prendido o cachorro, isso não teria acontecido", diz ela. "Além de tudo, mais isso."

"Nem que seja a última coisa que eu faça, vou encontrá-lo e trazê-lo de volta", ele promete.

Vou trazê-lo de volta. Ele não deixa de notar que falhou em trazer o menino de volta.

Na pequena impressora do depósito, ele imprime quinhentas cópias de um flyer: DESAPARECIDO. CACHORRO GRANDE, COR PARDA, COLEIRA DE COURO E MEDALHA COM O NOME BOLÍVAR. RECOMPENSAMOS A DEVOLUÇÃO. Ele distribui os flyers não só em sua parte da cidade, mas também por todos os setores cobertos pelos mensageiros de bicicleta; cola os flyers nos postes. Fica o dia todo ocupado; o dia todo mantém afastado o buraco que se abriu na textura do ser.

Logo o telefone começa a tocar. Avistaram um cachorro grande de cor parda por toda a cidade; ninguém sabe dizer se tal cachorro tem uma medalha com o nome Bolívar, uma vez que o cachorro ou é rápido demais para capturar, ou ameaçador demais para se aproximar.

Ele anota o nome e o endereço de cada pessoa que liga. No fim do dia, tem trinta nomes e nenhuma ideia do que fazer em seguida. Se todos os informantes estão dizendo a verdade, só se pode concluir que Bolívar se manifestou em áreas muito diferentes da cidade exatamente ao mesmo tempo. A alternativa é que alguns telefonemas tenham sido trotes, ou que diversos cachorros pardos estão desaparecidos. Seja qual for o caso, ele não faz ideia de onde encontrar Bolívar, o verdadeiro Bolívar.

"O Bolívar é um animal inteligente", ele diz a Inés. "Se quiser encontrar o caminho de volta, vai encontrar o caminho de volta."

"E se estiver machucado?", ela replica. "E se foi atropelado por um carro? Se tiver morrido?"

"Amanhã cedinho vou até a *Asistencia* e pego uma lista de veterinários. Visito cada um e deixo uma cópia do flyer. De um jeito ou de outro, vou trazer o Bolívar de volta pra você."

"Você disse a mesma coisa sobre o David", diz Inés.

"Inés, se eu pudesse ter ficado no lugar dele, eu teria ficado. Sem hesitar nem um segundo."

"A gente devia ter levado o David para Novilla, os hospitais de lá são muito melhores. Mas o dr. Ribeiro ficou fazendo promessas e nós acreditamos. A culpa é minha, de verdade."

"Ponha a culpa em mim, Inés, em mim! Fui eu que acreditei nas promessas. Eu é que fui ingênuo, não você."

Ele diria mais coisas na mesma linha, mas se dá conta de como soa igual a Dmitri, fica com vergonha e cala a boca. *Ponha a culpa em mim, me castigue!* Que desprezível! O que ele precisa é de uma boa bofetada. *Cresça, Simón! Seja homem!*

O dia seguinte traz mais meia dúzia de avistamentos de Bolívar, o Bolívar real ou o Bolívar espectral, quem sabe?, e depois silêncio. Inés retoma a rotina da Modas Modernas, ele retoma os trajetos de bicicleta. Às vezes, à noite, Inés o convida para uma refeição; mas no geral passam o tempo separados, magoados, de luto.

Sua ronda pelas clínicas veterinárias obtém um sucesso. Na Clínica Jull, uma enfermeira o leva ao pátio onde os animais ficam abrigados. "É esse cachorro que o senhor está procurando?", ela pergunta e aponta para uma jaula onde um grande cachorro pardo anda de um lado para outro. "Não tem etiqueta com nome, mas pode ter tido e perdido."

O cachorro não é Bolívar. É anos mais novo. Mas tem os olhos de Bolívar e o ar de ameaça calada de Bolívar também.

"Não, não é o Bolívar", ele diz. "Qual a história dele?"

"Um homem que trouxe, semana passada. Disse que o nome dele é Pablo. A esposa dele deu à luz recentemente e ficou com medo de que o Pablo pudesse atacar o bebê quando ela não estivesse olhando. Cachorros são ciumentos, como o senhor sabe, claro. Ele tentou dar o animal, mas nenhum conhecido quis."

Ele fica parado diante de Pablo, que ninguém quis, e o inspeciona. Por um momento, os olhos amarelos passeiam por ele e um arrepio lhe percorre a espinha. Então os olhos desviam e o olhar fica vazio de novo.

"Qual vai ser o futuro do Pablo?", ele pergunta.

"Preferimos não sacrificar um animal saudável. Então vamos ficar com ele o máximo de tempo possível. Mas não se pode manter um bicho tão bonito trancado indefinidamente. É muito cruel." Ela olha para ele, interrogativamente. "O que o senhor acha?"

"Não sei o que pensar. Será que a morte pode ser melhor que a vida, mesmo a vida numa jaula? Talvez a gente possa perguntar ao Pablo o que ele acha."

"O que eu queria dizer era: o que o senhor acha de levar o cachorro, dar um lar para ele?"

O que ele acha? Ele acha que Inés vai ficar indignada. *Hoje você traz um cachorro perdido, amanhã vai trazer uma criança perdida.*

"Vou ver o que minha mulher acha", diz ele. "Se ela gostar, eu volto. Mas acho que ela não vai concordar. Ela é muito ligada ao nosso Bolívar. Ainda espera que ele volte. Se ele voltar mesmo e encontrar um estranho dormindo na cama dele, Bolívar o mata. Simples assim. Mata ou morre. Mas vamos ver. Talvez eu esteja errado. Até logo e obrigado. Até logo, Pablo."

Ele defende a causa de Pablo perante Inés. "O que nós sabemos de cachorros?", ele pergunta. "Seres humanos morrem e depois acordam como outras pessoas em um mundo novo. Talvez quando os cachorros morrem eles acordem no mesmo mundo, neste mundo, sempre e sempre. Talvez seja o destino dos cachorros. Talvez seja isso, ser cachorro. Mas você não acha estranho que o destino tenha me levado a uma jaula com um cachorro que poderia facilmente ser o Bolívar, como ele era dez anos atrás? Você não podia ao menos ir dar uma olhada? Você vai ser capaz de dizer na hora se é o Bolívar reencarnado ou só outro cachorro."

Inés não se comove. "O Bolívar não morreu", ela diz. "A gente o negligenciou, esqueceu de dar comida pra ele, ele se sentiu abandonado e foi embora. Está vagando em algum lugar da cidade, comendo das latas de lixo."

"Se você não acolher o Pablo, eu vou ser obrigado a acolher eu mesmo", ele diz. "Não posso deixar que ele seja sacrificado. É muito injusto."

"Faça como quiser", diz Inés. "Mas aí vai ser o seu cachorro, não meu."

Ele volta à clínica. "Resolvi ficar com o Pablo", anuncia.

"Sinto muito, o senhor demorou", diz a enfermeira. "Ontem veio um casal, logo depois do senhor e adotou o Pablo sem hesitar. Disseram que era exatamente o que estavam procurando. Eles têm uma granja nos arredores da cidade. Precisam de um cachorro para afastar os predadores."

"Pode me dar o endereço deles?"

"Desculpe, não posso fazer isso."

"Então informe esse casal granjeiro que se não der certo, se por alguma razão o Pablo não for o cachorro que eles procuravam, tem alguém que oferece um lar para ele?"

"Farei isso."

É uma coisa meio louca, ele vê claramente, essa sua busca por Bolívar. Não é de admirar que Inés seja tão rude com ele. O corpo do filho deles não foi posto para descansar — na verdade, ninguém parece disposto a dizer diretamente a eles o que aconteceu com o corpo —, e ali está ele, vasculhando a cidade em busca de um cachorro perdido. O que está errado com ele?

Simón compra um pote de tinta, visita todas as paredes e postes onde se lembra de ter pregado os flyers de DESAPARECIDO e pinta de preto. *Desista*, diz a si mesmo. *O cachorro se foi.*

Não pode dizer que amava Bolívar. Não tinha nem interesse nele. Porém amor nunca foi um sentimento adequado para se ter por Bolívar. Bolívar exigia algo bem diferente: ser deixado em paz em seu ser. Ele, Simón, respeitava essa exigência. Em troca, o cachorro o deixava em paz em seu ser, e talvez deixasse Inés em paz também.

Com David era outra história. Em certo sentido, Bolívar era um cachorro normal, mimado talvez, preguiçoso talvez, em seus últimos anos um tanto guloso talvez, um cachorro que dormia muito, que de certa forma se podia dizer que passou a vida dormindo. Mas em outro sentido Bolívar nunca dormia, não quando David estava por perto, ou, se dormia, dormia com um olho aberto, uma orelha erguida, vigiando o menino, afastando qualquer mal. Se Bolívar tinha um amo e senhor, era David.

Até o fim. Até a chegada do grande mal, do qual ele não podia salvar seu dono. Será talvez essa a razão mais profunda de Bolívar ter ido embora: ele foi ao encontro de seu dono, onde quer que esteja, para se encontrar com ele e trazê-lo de volta?

Cachorros não entendem a morte, não entendem como um ser pode deixar de existir. Mas talvez a razão (a razão mais profunda) de eles não entenderem a morte seja que eles não entendem o entendimento. Eu, Bolívar, dou meu último suspiro numa sarjeta da cidade assolada pela chuva e no mesmo momento, eu, Pablo, me encontro numa jaula de arame no pátio de um estranho. O que precisa ser entendido nesse caso?

Ele, Simón, está aprendendo. Primeiro, estudou em criança, agora estuda com um cachorro. Uma vida de aprendizado. E deve ser grato.

Visita de novo a *Asistencia*. Dessa vez para pedir uma lista de granjas. A *Asistencia* não dispõe de tal lista. *Vá ao mercado*, aconselha a atendente: *pergunte por lá*. Ele vai ao mercado e pergunta. Uma coisa leva à outra; logo ele está parado na porta de um barracão de ferro galvanizado no vale acima da cidade, chamando: "Olá! Alguém em casa?".

Aparece uma moça, de botas de borracha e com cheiro de amônia.

"Bom dia, desculpe incomodar", diz ele, "mas a senhora adotou recentemente um cachorro do dr. Jull, o veterinário?"

A moça assobia alegremente e um cachorro vem pulando. É Pablo.

"Vi o cachorro quando estava no pátio do dr. Jull e queria muito ficar com ele, mas depois que consultei minha mulher o cachorro já tinha ido embora. Não sei quanto pagou, mas estou pronto a oferecer cem reais."

A moça balança a cabeça. "O Pablo é exatamente o que a gente precisa aqui. Não está à venda."

Ele pensa em contar para ela de Bolívar, do lugar de Bolívar em sua vida, na vida de Inés, na vida do menino, do vazio que ficou com a dupla partida do cachorro e do menino, de sua visão de Bolívar morto na sarjeta numa ruazinha da cidade e da segunda visão de Bolívar reencarnado em Pablo, mas resolve que não, é complicado demais. "Vou deixar meu número de telefone", ele diz. "Mantenho a oferta. Cem reais, duzentos reais, o que for preciso. Tchau, Pablo." Estende a mão e afaga a cabeça do cachorro. Ele baixa as orelhas e dá grunhido grave. "Até logo, señora."

21.

Ele e Inés estão sentados em silêncio diante dos restos de uma refeição.

"É assim que nós vamos passar o resto da vida, você e eu?", ele diz, afinal. "Envelhecendo numa cidade em que nenhum de nós se sente em casa, lamentando nossa perda?"

Ela não responde.

"Inés, posso te contar uma coisa que o David me disse pouco antes do fim? Ele disse que achava que quando fosse embora, você e eu teríamos um filho juntos. Eu não sabia o que responder. No fim, disse que você e eu não tínhamos esse tipo de relação. Mas você já pensou em adotar uma criança, uma das crianças do orfanato, por exemplo? Ou várias? Já pensou em nós dois começarmos de novo do zero, como uma família de verdade?"

Inés olha para ele com frieza, com hostilidade. Por quê? A proposta é tão desprezível?

Ele e Inés estão juntos há mais de quatro anos, tempo suficiente para terem visto o pior de cada um, e o melhor. Nenhum dos dois é desconhecido para o outro.

"Responda, Inés. Por que não começar de novo, antes que seja tarde demais?"

"Tarde demais para quê?"

"Antes que a gente esteja velho demais, velho demais para criar um filho."

"Não", diz Inés. "Não quero uma criança do orfanato na minha casa, dormindo na cama do meu filho. Seria um insulto. Fico abismada com você."

Há noites em que ele acorda com o que jura ser a voz do menino soando em seu ouvido: *Simón, venha me contar uma história!*, ou *Simón, tive um pesadelo!*, ou *Simón, estou perdido, venha me salvar!* Ele supõe que a voz também soe para Inés, que perturbe seu sono, mas não pergunta.

Ele evita os jogos de futebol no parque atrás do prédio de apartamentos. Mas, às vezes, na imagem de uma criança que atravessa a rua correndo, ou sobe depressa a escada, ele vislumbra a figura de David e sente uma rajada de amargo ressentimento porque só o seu filho foi levado embora enquanto noventa e nove outros permaneceram incólumes para jogar e ser felizes. Parece monstruoso que a escuridão o tenha engolido, que não tenha havido protestos, nem clamor, nem arrancar de cabelos e rilhar de dentes, que o mundo continue a girar como se nada tivesse acontecido.

Ele telefona para a Academia para pegar os pertences de David, e sem saber como, nem por quê, se vê na sala de Arroyo abrindo o coração. "Tenho vergonha de confessar isso, Juan Sebastián, mas eu olho os amiguinhos do David e me vejo desejando que tivessem morrido no lugar dele, um deles, todos eles, não importa qual. Um mau espírito, um espírito de pura malignidade parece me possuir e não consigo me livrar disso."

"Não seja tão duro consigo mesmo, Simón", diz Arroyo. "O turbilhão em que você está vai passar, com o tempo. Uma porta se abre, entra uma criança; a mesma porta se fecha, a criança vai embora, fica tudo como antes. Nada no mundo mudou. No entanto, não é assim, não exatamente. Mesmo que a gente não possa ver, ouvir, sentir, a terra mudou." Arroyo faz uma pausa, olha intensamente para ele. "Alguma coisa aconteceu, Simón, algo que não é um nada. Quando sentir a amargura crescer dentro de você, lembre-se disso."

Há uma nuvem sobre seu cérebro, ou então é o espírito das trevas em ação, mas nesse momento, ele não consegue enxergar, decerto não capta o *algo que não é um nada* do qual fala Arroyo. Que marca David deixou? Nenhuma. Absolutamente nenhuma. Nem mesmo o bater de asas de uma borboleta.

Arroyo fala: "Se me permite mudar de assunto, colegas meus sugeriram que a gente se reúna formalmente, funcionários e alunos, para prestar uma homenagem ao seu filho. Você e Inés fariam isso conosco?".

Arroyo cumpre a palavra. Logo na manhã seguinte, suspendem as atividades da Academia e os estudantes se reúnem para homenagear o colega morto. Ele e Inés são as únicas pessoas de fora presentes.

Arroyo se dirige ao grupo. "David chegou até nós anos atrás como estudante de dança, mas logo se revelou não como estudante, mas como professor, um professor para todos nós. Não preciso lembrar vocês de que, quando ele dançava para nós, ficávamos imóveis, assombrados.

"Me coube o privilégio de estar entre os alunos dele. Em nossas sessões, eu fazia o papel de músico e ele o do dançarino, mas na verdade, quando ele começava a dançar, a dança se tornava música e a música, dança. A dança fluía dele para minhas mãos e dedos e para meu espírito também. Eu era o instrumento que ele tocava. Ele me exaltava, como sei pelo testemunho de todos que exaltava vocês também, e todos cuja vida ele tocou.

"A música que vou tocar para vocês hoje é uma música que aprendi com ele. Quando a música terminar, vamos fazer um minuto de reflexão silenciosa. Depois, vamos nos dispersar, levando dentro de nós a lembrança da música dele."

Arroyo senta-se ao órgão e começa a tocar. De imediato, ele, Simón, reconhece a medida. É a medida do Sete, elaborada com rara doçura e graça. Ele procura a mão de Inés, a aperta, fecha os olhos, se entrega à música.

Da escada, vem um rumor repentino e uma onda de jovens corpos irrompe no estúdio. À frente, Maria Prudencia, do orfanato, com uma placa pregada num bastão. LOS DESINVITADOS, diz: os desconvidados. Atrás dela, lado a lado, vêm o dr. Fabricante e a señora Devito, seguidos por uma horda de órfãos, no mínimo cem. No meio deles, levado sobre os ombros dos meninos mais velhos, um caixão simples, pintado de branco, que, numa manobra planejada, eles conduzem ao palco e depositam no chão.

O dr. Fabricante faz um sinal com a cabeça e a señora Devito se junta aos quatro portadores do caixão no palco. Durante isso tudo, Arroyo não faz nenhum gesto para intervir: ele parece perplexo.

A señora Devito dirige-se ao grupo. "Amigos!", proclama. "Esta é uma ocasião triste para todos. Perderam um de vocês; há um espaço vago entre vocês. Mas eu lhes trago uma mensagem, e a mensagem é de alegria. O caixão que aqui veem, aqui trazido pelas ruas da cidade desde Las Manos sobre os ombros destes jovens camaradas do David é um símbolo da sua morte, mas também da sua vida. Maria! Esteban!"

Maria e o rapaz alto com espinhas, companheiro dela, sobem ao palco e, sem dizer uma palavra, inclinam o caixão e deslizam a tampa. O caixão está vazio.

Esteban fala. A voz é incerta, o rosto está enrubescido, ele está claramente incomodado. "Nós, os órfãos de Las Manos, que estivemos presentes ao lado da cama de David durante seus últimos esforços, decidimos..." Ele lança um olhar desesperado para Maria, que sussurra em seu ouvido: "Decidimos que íamos celebrar seu passamento transmitindo a sua mensagem."

Então é a vez de Maria. Ela fala com inesperada compostura. "Dizemos que este é o caixão de David e, como podem ver, está vazio. O que isso quer dizer? Isso nos diz que ele não foi embora, que ainda está conosco. Por que o caixão é branco? Porque este dia pode parecer um dia triste, mas não é de fato um dia triste. Isso é tudo. Isso é o que queríamos dizer."

O dr. Fabricante dá outro sinal. Os órfãos recolocam a tampa no caixão e o erguem sobre os ombros. "Obrigada, a todos vocês", a señora Devito proclama acima do ruído. Ela tem um sorriso que só se pode chamar de arrebatado. "Obrigada por permitirem que as crianças de Las Manos, muitas vezes negligenciadas e esquecidas, participassem de seu memorial." E tão abruptamente como chegaram, os órfãos se retiram do estúdio e descem a escada, levando com eles o caixão.

Na manhã seguinte, ele e Inés estão tomando café da manhã quando Alyosha bate à porta. "O señor Arroyo pede desculpas pelo caos de ontem. Fomos tomados totalmente de surpresa. E também os senhores se esqueceram disto aqui." Ele estende as sapatilhas de dança de David.

Sem dizer nada, Inés pega as sapatilhas e sai da sala.

"Inés está chateada", ele diz. "Não tem sido fácil para ela. Tenho certeza de que você entende. Vamos dar uma volta, você e eu? Podemos fazer uma caminhada no parque."

O dia está agradável, fresco, sem vento. O som de seus passos é abafado por uma camada grossa de folhas caídas.

"Alguma vez o David mostrou para o senhor o truque da moeda?", Alyosha diz, do nada.

"O truque da moeda?"

"O truque em que ele joga a moeda e cai a cara todas as vezes. Dez vezes, vinte vezes, trinta vezes."

"Ele devia ter uma moeda com duas caras."

"Ele conseguia fazer com qualquer moeda que a gente desse para ele."

"Não, ele nunca me mostrou esse truque específico. Mas, até eu proibir, ele costumava jogar dados com o Dmitri, e o Dmitri disse que o David conseguia jogar um seis duplo toda vez que quisesse. Que outros truques ele fazia?"

"O truque da moeda foi o único que eu vi. Nunca consegui entender como ele fazia. É algo a se pensar."

"Acho que se a pessoa tem um controle muscular muito fino pode jogar uma moeda ou dados exatamente da mesma maneira todas as vezes. Deve ser essa a explicação."

"Ele fazia o truque só para divertir a gente", diz Alyosha, "mas uma vez ele disse que se quisesse mesmo podia usar o truque para derrubar os pilares."

"Como assim, o que ele queria dizer com derrubar os pilares?"

"Não faço ideia. Sabe como era o David. Ele nunca falava diretamente o que queria dizer. Sempre deixava a gente intrigado para descobrir sozinho."

"Ele fez o truque da moeda para o Juan Sebastián?"

"Não, só para as crianças da classe. Eu contei a respeito para o Juan Sebastián, mas ele não se interessou. Disse que não se surpreendia com nada que o David fazia."

"Alyosha, alguma vez o David mencionou uma mensagem que ele tinha com ele?"

"Uma mensagem? Não."

"O David dividia as pessoas entre os que eram capazes ou não de ouvir a mensagem dele. Eu ficava entre os sem esperança: muito pesado, muito terreno. Achei que ele talvez tivesse promovido você ao outro campo, o campo dos eleitos. Achei que podia ter revelado a mensagem para você. Ele gostava de você. E você também gostava dele, dava pra ver."

"Eu não gostava só, Simón, eu amava o David. Todo mundo o amava. Eu daria a minha vida por ele. De verdade. Mas não, ele não me passou nenhuma mensagem."

"Na última noite em que passei com ele, o David falou sem parar da mensagem dele; falou a respeito, mas sem dizer realmente qual era a mensagem. Agora o Dmitri diz que a mensagem foi revelada a ele, inteira. Como você sabe, desde os dias da Ana Magdalena, o Dmitri insiste que existe ou que existia um elo especial entre o David e ele, uma afinidade secreta. Eu nunca acreditei, ele é tão mentiroso. Mas agora, como eu disse, ele anda contando uma história de que o David deixou uma mensagem e que ele é o único portador.

"As crianças do orfanato foram especialmente receptivas a essa história dele. Deve ter sido por isso que invadiram a sessão memorial ontem. O Dmitri diz que a mensagem do David era destinada a eles, aos órfãos do mundo em geral, mas ele morreu muito cedo para transmitir a mensagem pessoalmente, então só ele, Dmitri, pôde ouvir a mensagem inteira. Ele está usando a amiga dele do hospital para espalhar a história. Você a viu ontem: aquela mulher miúda de cabelo loiro. Ela confirma tudo o que ele diz."

"E qual é a mensagem, segundo o Dmitri?"

"Ele não diz. Não me surpreende. É assim que ele funciona: deixa os oponentes adivinharem. Na minha opinião, a coisa toda é *una estafa*, um truque de confiança. Se ele tem mesmo uma mensagem, é uma que ele mesmo inventou."

"Pensei que o Dmitri tinha sido condenado à prisão perpétua. Como é que está livre de novo?"

"Só Deus sabe. Ele diz que enxergou que seus atos estavam errados e se arrependeu. Diz que é um novo homem, regenerado. É plausível. As pessoas querem acreditar nele ou pelo menos lhe dar o benefício da dúvida."

"Bom, você devia ouvir o que o Juan Sebastián tem a dizer sobre ele."

Nessa noite, ele fala com Inés. "Inés, o David alguma vez te mostrou um truque que sabia fazer, jogar uma moeda e fazer cair do lado da cara todas as vezes?"

"Não."

"O Alyosha disse que ele fazia esse truque para os colegas. E alguma vez ele te falou de uma mensagem que ia deixar?"

Inés se volta e olha para ele. "Será que tem de ser escancarado, Simón? Não posso ter um espacinho só meu?"

"Desculpe, eu não fazia ideia de que você se sentia assim."

"Você não faz ideia de como eu me sinto a respeito de nada. Alguma vez você pensou em como me senti quando fui descartada por aquela gente do hospital — *Estamos procurando a mãe verdadeira, a senhora não é a mãe verdadeira, vá embora* —, como se o David fosse um enjeitado, um *órfão*? Você pode achar fácil engolir insultos assim, mas eu não. No que me diz respeito, o David foi tirado de mim quando mais precisava de mim e nunca vou perdoar as pessoas que o levaram, nunca, inclusive aquele dr. Fabricante."

Claro que ele havia tocado um nervo exposto. Ele tenta pegar sua mão, mas ela o empurra, furiosa. "Vá embora. Me deixe em paz. Você só está piorando as coisas."

A relação com Inés nunca foi fácil. Embora estejam em Estrella há quatro anos, ela continua inquieta, aflita, infeliz. No mais das vezes, escolhe a ele para culpar por sua infelicidade: foi ele quem a afastou de Novilla e da vida agradável que levava lá na companhia dos irmãos. Mas o fato é que David não podia ter tido uma mãe mais devotada. Ele, Simón, foi devotado também, à sua maneira. Mas sempre foi capaz de antever o dia em que o menino iria afastá-lo para sempre (*Você não pode mandar no que eu faço, você não é meu pai*). No caso de Inés, o elo parecia de modo geral mais forte e profundo, mais difícil de escapar.

Inés lamentava a falta de liberdade que era o preço da maternidade, mas era inquestionavelmente dedicada ao filho. Se isso era uma contradição, ela parecia não ter nenhuma dificuldade de conviver com ela.

Num mundo ideal, ele e Inés, como pais de David, teriam se amado tanto quanto amavam o filho. No mundo menos que ideal em que se encontravam, a raiva que borbulhava por baixo da superfície em Inés encontrava expressão em ataques de frieza ou irritabilidade dirigidos a ele, aos quais ele reagia se ausentando. Sem o filho, quanto tempo mais eles podem esperar ficar juntos?

Com o passar dos dias, Inés se lembra mais e mais abertamente dos dias em La Residencia. Ela sente falta do tênis, diz, sente falta de nadar, sente falta dos irmãos, principalmente do mais novo, Diego, cuja namorada está esperando o segundo filho.

"Se é assim que você se sente, talvez devesse voltar", ele diz. "O que te retém em Estrella afinal, além da loja? Você ainda é jovem. Tem a vida pela frente."

Inés dá um sorriso misterioso, parece a ponto de dizer alguma coisa, mas não diz.

"Já pensou no que devemos fazer com as roupas do David?", ele pergunta em uma das noites silenciosas que passam juntos.

"Está propondo que eu dê as roupas para o orfanato? De jeito nenhum. Prefiro queimar."

"Eu não sugeri isso. Se déssemos para o orfanato, eles muito provavelmente iam colocar tudo numa vitrine, como relíquias. Não, estava pensando em dar as roupas para uma instituição de caridade."

"Faça o que quiser, só não me fale a respeito."

Ela não quer discutir o futuro das roupas do menino, mas ele não consegue deixar de notar que a tigela de comida de Bolívar desapareceu da cozinha, junto com a almofada dele.

Enquanto Inés não está em casa, ele arruma as roupas de David em duas malas, desde a camisa com babados e o sapato com fivela que Inés comprou quando o adotou até a camiseta branca com o número 9 nas costas que ele usou no dia cheio de esperança em que foi jogar futebol em Las Manos.

Ele afunda o nariz na camiseta com o número 9. É imaginação sua ou o tecido ainda guarda o tênue aroma de canela da pele do menino?

Ele bate à porta do apartamento do zelador. Quem abre é a esposa do zelador. "Bom dia", ele diz. "Não nos conhecemos. Eu sou Simón, do apartamento A-13, do outro lado do pátio. Meu filho jogava futebol com o seu filho. Meu filho David. Por favor, não leve a mal, mas sei que a senhora tem filhos pequenos e minha esposa e eu nos perguntamos se a senhora não gostaria de ficar com as roupas do David. Senão, elas vão ser desperdiçadas." Ele abre a primeira mala. "Como pode ver, estão em boas condições. O David era cuidadoso com as roupas."

A mulher parece desconcertada. "Eu sinto muito", ela diz. "Quer dizer, sinto muito pela sua perda."

Ele fecha a mala. "Me desculpe", ele diz. "Não devia ter oferecido. Bobagem minha."

"Tem uma associação de caridade na Calle Rosa, ao lado do correio. Tenho certeza de que eles vão ficar contentes de aceitar."

* * *

Há noites em que Inés não volta para casa até depois da meia-noite. Ele espera acordado, até escutar o carro, o som dos seus passos subindo a escada.

Numa dessas noites tardias, os passos param em sua porta. Ela bate. Ele vê de imediato que Inés está alterada, deve ter bebido demais.

"Eu não aguento mais, Simón", ela diz, e começa a chorar.

Ele a toma nos braços. A bolsa dela cai no chão. Ela se liberta e a pega de volta. "Não sei o que fazer", diz. "Não posso continuar assim."

"Sente, Inés", ele diz. "Vou fazer um chá."

Ela se joga no sofá. Um momento depois, está de pé outra vez. "Não faça chá, eu vou embora", diz.

Ele a pega na porta, a leva de volta para o sofá, senta-se ao seu lado. "Inés, Inés", ele fala, "você sofreu uma perda terrível, nós dois sofremos uma perda terrível, você não está normal, como poderia ser diferente? Somos seres mutilados. Não tenho palavras que possam levar embora a sua dor, mas, se precisa chorar, chore no meu ombro." Então ele a abraça, enquanto ela chora e chora.

É a primeira das três noites que passam juntos, que dormem na cama dele. Não há a ideia de sexo; mas na terceira noite, encorajada pelo escuro, Inés, de início hesitante, depois cada vez mais à vontade, começa a contar sua história, desde o dia em que o idílio de La Residencia chegou a um fim abrupto com a chegada não esperada, nem bem-vinda, de um homem desconhecido com um menino pela mão.

"Ele parecia tão sozinho, tão desamparado naquela roupa que você fez ele vestir e que não servia para ele... meu coração amoleceu. Nunca até aquele dia eu tinha pensado em ser mãe.

O que as outras mulheres falavam — a ânsia, o desejo, seja lá como chamavam — simplesmente não existia em mim. Mas havia tamanha súplica naqueles olhos grandes dele... eu não resisti. Se eu pudesse ver o futuro, se soubesse quanta dor eu estava preparando para mim, teria recusado. Mas naquele momento não havia nada que eu pudesse dizer além de: *Você me escolheu, pequeno. Eu sou sua, venha.*"

Não é assim que ele, Simón, se lembra daquele dia. Pelo que lembra, foi preciso muita argumentação e persuasão para convencer Inés. *David não escolheu você exatamente, Inés*, ele gostaria de dizer (mas não diz porque a experiência o ensinou que não é sensato contrariá-la) — *não, ele reconheceu você. Reconheceu você como a mãe dele, reconheceu a mãe dele em você.* E em troca (ele gostaria de continuar, mas não continua) *ele queria ser reconhecido por você — por nós dois.* Era isso que ele pedia insistentemente: *ser reconhecido.* No entanto (ele gostaria de acrescentar como conclusão), *não consigo entender como se pode esperar que uma pessoa comum reconheça alguém que nunca viu na vida.*

"Foi (Inés insiste em continuar o monólogo) como se, de repente, meu futuro ficasse claro para mim. Até então, vivendo em La Residencia, eu sempre me senti um pouco estrangeira, um pouco isolada, como se estivesse à deriva. De repente, me vi trazida à terra. Havia trabalho a fazer. Eu tinha alguém para cuidar. Tinha um propósito. E agora..." Ela se cala; no escuro ele a ouve lutando para controlar as lágrimas. "E agora, o que restou?"

"Nós tivemos sorte, Inés", ele diz, tentando consolá-la. "Podíamos ter vivido nossa vida comum, você em sua esfera, eu na minha, e sem dúvida nós dois encontraríamos algum tipo de contentamento. Mas em que resultaria, no fim, esse tipo comum de contentamento? Em vez disso, tivemos o privilégio de sermos visitados por um cometa. Me lembro de uma coisa que o Juan

Sebastián me disse há pouco: o David chegou, o mundo mudou, o David partiu, e o mundo voltou a ser como era antes. É isso que eu e você não conseguimos aguentar: a ideia de que ele foi apagado, de que não resta nada, de que talvez ele nem tenha existido. Mas não é verdade. *Não é verdade!* O mundo pode ser como era antes, mas também é diferente. Nós temos de nos apegar a essa diferença, você e eu, mesmo que no momento a gente não consiga enxergá-la."

"Era como me ver num conto de fadas, aqueles primeiros meses", Inés continua. Sua voz está baixa, sonhadora; ele duvida de que ela tenha ouvido uma palavra do que ele acabou de dizer. "*Una luna de miel*, assim que foi para mim, se é que se pode ter uma lua de mel com uma criança. Eu nunca tinha me sentido tão completa, tão satisfeita. Ele era o meu *caballerito*, meu homenzinho. Eu ficava horas olhando pra ele enquanto dormia, bebia a imagem dele, dolorida de tanto amor. Você não entende, não é? O amor de uma mãe? Como poderia?"

"Não mesmo, como eu poderia? Mas desde o começo ficou claro pra mim o quanto você amava o menino. Você não é de demonstrar sentimentos, mas qualquer um podia ver, até um estranho."

"Foram os melhores anos da minha vida. Depois, quando ele começou a ir à escola, as coisas ficaram mais difíceis. Ele começou a se afastar de mim, a resistir. Mas não quero falar disso."

E nem precisa. Ele se lembra muito bem desses dias, se lembra do desaforo: *Você não pode mandar no que eu faço, você não é minha mãe de verdade!*

Através do espaço vazio entre o lado dele e o dela na cama, através de uma cortina de escuridão, ele fala: "Ele amava você, Inés, apesar do que tenha dito com seu modo impulsivo. Era o seu filho, seu e de ninguém mais".

"Ele não era meu filho, Simón. Você sabe disso tão bem quanto eu. E era ainda menos seu filho. Ele era uma criatura selvagem, uma criatura da floresta. Não pertencia a ninguém. Certamente não a nós."

Uma criatura selvagem: essas palavras o sobressaltam. Ele nunca teria pensado que ela fosse capaz de tamanho insight. Inés, cheia de surpresas.

Isso marca o fim da longa confissão de Inés. Sem se tocar, mantendo uma distância cautelosa, os dois se entregam ao sono, primeiro ela, depois ele. Quando acorda, ela já foi, e não volta.

Dias depois, ele encontra um papel debaixo da porta. A letra é dela. "Uma mensagem para falar com Alyosha na Academia. Por favor, não me envolva em nenhum arranjo."

22.

"Eu tenho uma proposta para o senhor", diz Alyosha. "É da parte dos meninos, os amigos do David, com a bênção de Juan Sebastián. A ideia é a gente fazer um novo evento, *un espectáculo* em memória do David. Algo adequado, mas não austero, não triste demais. Restrito às crianças da Academia e aos pais. Assim a gente pode celebrar o David direito, sem a interferência de estranhos. O senhor daria permissão?"

O plano, logo se sabe, foi idealizado pelos filhos de Juan Sebastián, Joaquín e Damián.

De início, propuseram simplesmente apresentar danças em que David seria evocado; agora querem suplementar as danças com esquetes cômicos, episódios da vida de David. "Eles gostariam que fosse uma coisa de crianças, algo leve", diz Alyosha. "Querem se lembrar do David como ele era na vida real, não fazer a gente chorar. Já choramos bastante, eles dizem."

"David como era na vida real", ele diz. "Quanto da vida real do David as crianças da Academia sabem?"

"O suficiente", diz Alyosha. "É uma brincadeira de fim de semestre, não um projeto de história."

"Se o Juan Sebastián estiver falando sério sobre esse *espectáculo*, tenho uma proposta alternativa. Ele e eu podemos comprar um burro e fazer uma excursão pelo país fazendo apresentações. Ele toca o violino, eu danço. Podíamos nos chamar Irmãos Ciganos e chamar nosso show de 'Os feitos de David'".

Alyosha fica em dúvida. "Não acho que o Juan Sebastián vá gostar da ideia. Não acho que seja hora para sair em turnê."

"Estou brincando, Alyosha. Nem se dê ao trabalho de repetir o que eu disse para o Juan Sebastián. Ele não vai achar graça. Então, ele quer fazer um segundo evento. Deixe eu falar com Inés e ver o que ela diz."

Houve um tempo em que ele teve altas esperanças em relação a Alyosha. Mas o belo e jovem professor tem decepcionado um pouco: muito sem imaginação, o pensamento muito literal. Ele se diz admirador de David, mas quanto do David real, imprevisível, teria sido visível para ele?

De início, Inés se nega a permitir. Desde o começo ela teve reservas em relação à Academia — quanto à educação oferecida (frívola, inconsistente), quanto ao próprio Arroyo (fechado, arrogante), quanto ao escândalo, nunca esquecido nem por um momento, da ligação da señora Arroyo com o servente da escola. Ele faz o possível para que ela mude de ideia. "O show é uma proposta das próprias crianças", ele insiste. "Você não pode puni-las pelas falhas da Academia. Elas amavam o David. Querem fazer alguma coisa em memória dele." Contra a vontade, Inés cede.

O evento, realizado à tarde e em cima da hora, atrai surpreendentemente um grande número de pais. Arroyo não fala ao público, nem aparece no palco. Em vez disso, o show é apresentado por Joaquín, seu filho mais velho, que se tornou um jovem de catorze anos sério, quase intelectual. "Nós todos conhecemos o David, de forma que não preciso explicar quem ele era", diz. "A primeira parte do nosso programa se chama Atitudes e Dizeres de David. A segunda parte será de dança e música. É isso. Esperamos que gostem."

Dois meninos entram no palco. Um tem uma espécie de coroa na cabeça com uma grande letra D. O outro usa uma toga acadêmica e capelo de formatura; traz uma almofada amarrada na cintura debaixo da toga para parecer uma barriga protuberante.

"Menino, quanto é dois e dois?", pergunta o personagem do professor com voz tonitruante.

"Dois e dois o quê?", replica o personagem David.

"Que menino burro ele é!", diz o professor num aparte alto, exasperado. "Duas e duas maçãs, menino. Ou duas laranjas e duas laranjas. Duas unidades e duas unidades. Dois e dois."

"O que é uma unidade?", pergunta David.

"Uma unidade é qualquer coisa, pode ser uma maçã, pode ser uma laranja, pode ser qualquer coisa no universo. Não abuse da minha paciência, menino! Dois e dois!"

"Pode ser meleca?", David pergunta.

Há uma explosão de riso na plateia. O menino que faz o professor começa a rir também. A almofada escorrega e cai com um plop no palco. Mais risadas. Os dois meninos se curvam em agradecimento e saem.

Entram dois novos atores no palco. O menino que fez David volta correndo e entrega a coroa a um dos dois novos atores.

"O que é isso nas suas costas?", pergunta o personagem David.

O outro revela o que estava escondendo: uma travessa cheia de caramelos.

"Vou fazer uma aposta com você", diz David. "Vou jogar uma moeda e se der cara, você me dá um caramelo, se der coroa eu te dou tudo."

"Tudo?", pergunta o segundo menino. "Como assim? Tudo?"

"Tudo no universo", diz David. "Pronto?"

Ele joga a moeda. "Cara", anuncia. O segundo menino lhe dá um caramelo. "De novo?", David pergunta. O segundo menino faz que sim. Ele joga a moeda. "Cara", anuncia. E pega outro caramelo.

"Não é justo", diz o segundo menino. "É uma moeda preparada."

"Não é preparada, não", diz David. "Me dê outra moeda."

Com grandes exibições, o segundo menino pesca uma moeda no bolso. David joga a nova moeda. "Cara", anuncia e estende a mão.

A sequência se acelera: moeda para cima, o anúncio ("Cara"), a mão estendida, o caramelo entregue. Logo a travessa está vazia. "O que você vai apostar agora?", pergunta David. "Aposto a minha camisa", diz o segundo menino. Ele perde a camisa, depois um sapato, e o outro sapato. Por fim, está apenas com a roupa de baixo. David joga a moeda, mas dessa vez não diz nem uma palavra, nem "Cara" nem "Coroa", só dá um sorriso significativo. O segundo menino cai em prantos: "Buá-buá!". Os dois se curvam, em agradecimento a uma tempestade de aplausos.

A armação de uma cama de ferro é levada ao palco, coberta por um lençol. O menino Arroyo mais novo, de bigode, cavanhaque em ponta, com uma camisola até os pés, se deita na cama, cruza os braços ao peito e fecha os olhos.

Alyosha entra, usando um sobretudo escuro. "Então, Dom Quixote", diz Alyosha, "aí está você no seu leito de morte. Chegou a hora de fazer as pazes com o mundo. Nada de matar mais dragões, nem de resgatar donzelas. Vai admitir que foi tudo *una tontería*, um monte de bobagem, a vida que você levou como cavaleiro errante?"

Dom Quixote não se mexe.

"O gigante que você atacou com tanta valentia, você e Rocinante, na verdade não era nenhum gigante, era um simples moinho de vento. Nada era real nessa sua vida de aventura. Era tudo um show para nos divertir. Sabia disso, não? Você era apenas um ator, fazendo um papel, e nós éramos o seu público. Mas agora o show está para terminar. Hora de pendurar sua espada. Hora de se confessar. Fale, Dom Quixote!"

Damián Arroyo, com a barba um pouco torta, senta-se na cama com uma elaborada demonstração de como está alquebrado. Com voz trêmula, diz: "Me traga o Rocinante!".

Um cavalo emerge da coxia: dois meninos curvados sob um tapete vermelho, só as pernas visíveis, com uma cabeça de papel machê à frente deles.

"Me traga minha espada!", ordena Damián.

Uma criança vestida de preto entra em cena com uma espada de madeira pintada e a entrega.

Damián desce da cama, encara a plateia, levanta alto a espada. "Avante, Rocinante!", exclama. "Enquanto houver damas para salvar, não desistiremos!" Ele tenta montar em Rocinante. Os meninos sob o tapete cambaleiam e caem. A cabeça de cavalo cai no chão. Damián brande a espada acima da cabeça. Sua barba despenca, mas o bigode continua no lugar. "Avante, Rocinante!", ele grita outra vez. Há uma grande ovação. Alyosha o abraça e o ergue alto, exibindo-o à plateia.

Ele, Simón, volta-se para Inés. Rolam lágrimas por seu rosto, mas ela está sorrindo. Ele pega sua mão. "Nosso menino!", sussurra em seu ouvido.

Dois ajudantes empurram para o palco uma grande caixa de papelão com um lado cortado. Com um longo manto negro, peruca verde e o rosto pintado severamente de branco, um ator menino sai da coxia, entra na caixa e ali fica em silêncio, a cabeça baixa.

Há um rufar de tambor e Joaquín, com a coroa com a letra D, um pesado bastão, ar majestoso, marcha para o palco. Ele se senta numa cadeira diante da caixa.

Ele fala. "Seu nome é El Lobo, o lobo."

"Sim, senhor", responde a figura de preto, ainda de cabeça baixa.

"Seu nome é El Lobo e você é acusado de ter devorado um inocente cachorrinho que não lhe fez nenhum mal, que só queria brincar. Declara-se como?"

"Culpado, meu senhor. Peço o seu perdão. É da minha natureza comer pequenos animais, carneiros, cachorrinhos, gatinhos, assim por diante. Quanto mais inocentes, mais gostosos. Não posso evitar."

"Se é da sua natureza comer cachorrinhos, então é da minha natureza fazer julgamento. Está pronto para ser julgado, El Lobo?"

"Estou, meu senhor. Julgue-me duramente. Que eu seja açoitado. Que eu sofra pela minha natureza perversa. Só imploro que depois de sofrer o meu castigo o senhor me perdoe."

"Não, El Lobo, enquanto não mudar a sua natureza você não será perdoado. Agora vou pronunciar a sentença. Você está condenado a devolver a vida ao cachorrinho que devorou."

"Buááá!", faz o menino de preto, e enxuga ostensivamente as lágrimas. "Assim como não está em meu poder mudar minha natureza, também não posso devolver a vida ao cachorrinho, por mais que eu queira. O cachorrinho em questão foi desmembrado, mastigado, engolido e digerido. Não existe mais. Não existe mais cachorrinho. O que era um cachorrinho, agora é parte de mim. O que o senhor me pede é impossível."

"Você está errado, El Lobo! Para o rei do mundo, todas as coisas são possíveis!" Ele se levanta e bate o bastão três vezes. "Decreto que o cachorrinho volte à vida!"

Alarmado, curvado, o menino de preto se agacha dentro da caixa de forma que só se vê seu vívido cabelo verde. Ouvem-se altos sons de vômito, um espasmo atrás do outro. De trás da caixa, salta uma figurinha que ele, Simón, reconhece imediatamente como sendo El Perrito, do prédio de apartamentos. Explodindo de alegria, El Perrito saltita pelo palco enquanto a plateia ri e aplaude.

De mãos dadas, os três atores agradecem: El Perrito, o menino de peruca verde e Joaquín com a letra D.

A parte teatral termina. As coisas são removidas do palco. Ao órgão, Arroyo improvisa uma melodia suave. A plateia se aquieta. Os dois meninos Arroyo surgem de malha e sapatilhas de dança. O mais novo começa a conhecida dança do Três. Depois, quando a música fica mais complexa, o menino mais velho se lança à dança do Cinco. Seguindo dois ritmos diferentes, eles giram um em torno do outro.

Acima dos ritmos de Três e Cinco, emerge do órgão um ritmo que atravessa ambos. De início, ele, Simón, não consegue identificar. Tem coisa demais acontecendo na música, pensa consigo mesmo, coisa demais para a mente acompanhar. Ele consegue perceber a mesma confusão em Inés, nas pessoas em torno dele.

Os dois meninos Arroyo continuam com seus passos elegantes, giram um em torno do outro, mas ampliam o raio do círculo até que o centro do palco fica vazio. A música começa a ficar mais simples também. Primeiro, desaparece o ritmo do Cinco, depois o ritmo do Três. Resta apenas o Sete. Assim continua por algum tempo. A plateia relaxa. A música fica mais suave, cessa. Os dois meninos estão imóveis, com a cabeça baixa. A luz diminui, o palco fica escuro, a dança termina.

O show chega ao fim com uma apresentação do próprio Arroyo ao violino. Não é um sucesso. A plateia está inquieta, ainda há muita excitação no ar, e a própria música, sossegada, ruminativa, não é fácil de acompanhar: como um pássaro inquieto, parece incapaz de resolver onde pousar. Quando termina, surgem aplausos, mas no aplauso, ele, Simón, detecta mais do que um pequeno alívio.

Os pais vão até Inés e ele. "Que apresentação maravilhosa!... Tão tocante!... Que perda enorme!... Nossos sentimentos... Que criança adorável ele era!... E os meninos Arroyo, tão bons, tão talentosos!..."

Levado pelas palavras doces, pelos gestos delicados, ele sente o impulso de subir ao palco e abrir o coração. *Caros pais, caras crianças, caro señor Arroyo*, ele quer dizer, *este dia foi inesquecível. A mãe do David e eu levaremos conosco lembranças imperecíveis do carinho com que nosso filho foi nutrido entre estas paredes. Que a Academia prospere por muito tempo!* Mas ele reconsidera, fecha a boca, espera a plateia se dispersar.

Arroyo está na porta, aperta mãos, aceita gravemente os parabéns. Ele e Inés são os últimos da fila.

"Obrigada, Juan Sebastián", diz Inés, apertando a mão dele. "O senhor nos deixou muito orgulhosos." Há em sua voz um calor que surpreende a ele, Simón. "Obrigada sobretudo pela música."

"Gostou da música?", Juan Sebastián pergunta.

"Gostei. Tive medo de que houvesse trompete. Eu não teria gostado de trompete."

"Humildemente, señora, eu tento revelar o que está escondido. Nessa música, não há lugar para trompetes ou tambores."

As palavras de Arroyo o intrigam, mas Inés parece entender. "Boa noite, Juan Sebastián", ela diz.

De maneira antiquada, cavalheiresca, Arroyo se curva e beija a mão dela.

"O que o Juan Sebastián queria dizer?", ele pergunta a Inés no carro. "O que está escondido e que ele tenta revelar?"

Mas Inés apenas sorri e balança a cabeça.

23.

A questão dos restos mortais não está resolvida.

Ele telefona para o orfanato, fala com a secretária de Fabricante. "A mãe do David e eu gostaríamos de fazer uma visita ao local onde o David está enterrado", ele diz. "Pode nos dizer aonde ir?"

"Serão só os dois?"

"Só nós dois."

"Me encontrem na porta do escritório e eu levo os senhores", diz ela. "Venham de manhã, quando as crianças estão em aula."

Ele e Inés — vestida de preto severo — chegam na manhã seguinte de acordo com o combinado. A secretária os leva por um caminho sinuoso através do jardim de rosas, até onde há três modestas placas de bronze na parede de tijolos da sala de reuniões. "A do David é a da direita", diz ela. "A mais recente."

Ele chega mais perto e lê a placa. *David*, diz ali. *Recordado con afecto*. Ele lê as outras duas. *Tomás. Recordado con afecto. Emiliano. Recordado con afecto*.

"É só isso?", ele pergunta. "Quem são Tomás e Emiliano?"

"Dois irmãos que morreram num acidente faz alguns anos. As cinzas estão num pequeno compartimento, atrás de cada placa."

"E *Recordado con afecto*, lembrado com afeto? É só isso que o seu orfanato consegue dizer? Nenhuma menção a amor? A lembrança eterna? Nenhuma esperança de encontro do outro lado?" Ele se volta para Inés, com seu rígido vestido preto e seu chapéu preto nada atraente. "O que você acha? Afeto basta para o nosso filho?"

Inés balança a cabeça.

"A mãe do David e eu estamos de acordo", diz ele. "Não acreditamos que *afecto* seja suficiente. Pode ter bastado para Tomás e Emiliano, não sei se sim ou não, mas para o David não basta, longe disso. Ou vocês mudam a placa ou eu mando mudar."

"Nós somos uma instituição pública", diz a secretária. "Uma instituição para os vivos, não para os mortos."

"E as flores?" Ele aponta um buquê de flores do campo encostado na parede debaixo das três placas. "As flores são institucionais também?"

"Não faço ideia de quem colocou as flores", diz a secretária. "Provavelmente uma das crianças."

"Pelo menos uma pessoa aqui tem coração", diz ele.

Ele conta a Alyosha sobre a visita ao orfanato. "A gente não esperava um monumento grandioso. Mas foram o dr. Fabricante e o pessoal dele que reclamaram o corpo. Eles ficaram em cima como abutres e caíram sobre ele enquanto nós ainda estávamos amortecidos de dor. No entanto, assim que ele estava em suas garras, não podiam ter tratado o menino com mais indiferença, com menos *afecto*."

"Você tem de dar um desconto para a política da situação", diz Alyosha. "A gente, na Academia, pode ter problemas, mas é muito pior para o dr. Fabricante com todos aqueles entusiastas que ele tem de controlar. Você deve ter ouvido falar do que eles aprontaram na cidade."

"Não. O que eles aprontaram na cidade?"

"Bandos deles andaram de loja em loja, derrubando estantes, discutindo com os balconistas por cobrarem caro demais. *Preço justo!*, era o que gritavam. Em um pet shop eles quebraram as gaiolas e soltaram os animais: cachorros, gatos, coelhos, cobras, tartarugas. Soltaram os passarinhos também. Só deixaram os peixes dourados. Tiveram de chamar a polícia. Tudo por causa do preço justo, tudo em nome do David. Alguns diziam que tinham tido visões místicas, visões em que o David aparecia para eles e realizava seus pedidos. Ele deixou uma imensa marca. Nada disso me surpreende. Sabe como era o David."

"Eu não soube disso. Não saiu nada disso no jornal. Por que você diz que o David deixou uma marca?"

"Tente vê-lo pelos olhos deles, Simón, pelos olhos das crianças que viveram a vida inteira numa instituição, num regime institucional, sem quase nenhum acesso ao mundo de fora. De repente, chega no meio deles uma criança com ideias estranhas e histórias fantásticas, uma criança que nunca foi à escola, um menino que nunca foi domado, que não tem medo de ninguém, com certeza não dos professores, que é bonito como uma menina, mas com talento para futebol — que chega no meio deles como uma aparição, e que então, antes que eles se acostumem, cai vítima de uma doença misteriosa, é levado embora, nunca mais pisa no orfanato. Não é de admirar que engulam a história do Dmitri de que ele foi morto pelos homens de jalecos brancos. Não é de admirar que tenham transformado o menino num mártir, numa lenda."

"Morto pelos médicos? Os médicos do hospital? É essa a história do Dmitri? Por que os médicos iriam querer matar o David? Eles não são maus. Apenas incompetentes."

"Não segundo o Dmitri. Segundo o Dmitri, eles inventaram a história de um trem que devia chegar a qualquer minuto com o sangue novo para salvar o menino, depois usaram essa história para encobrir o fato de terem sugado o sangue do corpo dele até ele se esgotar e morrer."

"Estou aturdido. O Dmitri agora acusa os médicos de serem vampiros?"

"Não, não, nada tão antiquado assim! A história é que eles puseram o sangue do David em frascos que guardaram em algum lugar secreto para usar em suas nefastas pesquisas."

"E, apesar de ser um paciente da ala psiquiátrica, o Dmitri consegue divulgar esse absurdo fantástico pela cidade inteira?"

"Não sei como a história se espalhou, mas as crianças do orfanato sem dúvida ouviram isso dele, e do orfanato ela se propagou como se tivesse vida própria. Voltando ao *con afecto* e à placa que você viu na parede. Precisa levar em conta a posição do dr. Fabricante. Se ele for muito longe animando os entusiastas, corre o risco de ver o orfanato transformado numa espécie de santuário, num celeiro para todo tipo de superstição."

"Ao ver como as coisas progrediram, Alyosha, você não lamenta que a Academia não tenha reivindicado o David, deixando Las Manos ficar com ele? Sem dúvida o David era muito mais produto da Academia do que jamais foi de Las Manos."

"Sim e não. Concordo que é uma pena que Las Manos tenha ficado com ele. Mas nem o Juan Sebastián, nem eu, nem nenhum outro professor víamos o David como produto da Academia. Teria sido risível. O David nos ensinou muito mais do que nós ensinamos para ele. Nós éramos alunos dele, todos nós, inclusive eu. Lembra o que o Juan Sebastián falou no memorial, antes de ser interrompido, quando descreveu o efeito que o David teve sobre ele? Ele falou muito melhor do que eu falaria. Tudo se resumia à dança, ele disse. De uma forma ou de outra, o David traduzia toda e qualquer coisa em dança. A dança virou a chave mestra ou a língua mestra, mas não era uma língua no sentido normal, com uma gramática e um vocabulário e tal que a gente pode aprender num livro. Só dava para aprender acompanhando. Quando o David dançava, ele estava em algum outro lugar, e, se a gente fosse capaz de ir com ele, seria transportado para aquele lugar também — não sempre, mas de vez em quando, com certeza. Mas não preciso te dizer, você já sabe isso tudo. Se estou parecendo incoerente, me desculpe. Você devia falar com o Juan Sebastián, como eu disse."

"Não está nada incoerente, meu querido Alyosha. Ao contrário, foi muito eloquente. Depois do show da semana passada, o Juan Sebastián me disse uma coisa que me deixou intrigado. Disse que, na música, ele tentava revelar o oculto. O que ele quis dizer com isso?"

"Você está falando da música que ele tocou naquele dia? Não faço ideia. Pergunte a ele. Talvez ele quisesse dizer que o David era uma dessas pessoas que a gente acha que vão ter um grande impacto no mundo, mas acabam não tendo porque sua vida é interrompida. A vida é interrompida e eles ficam longe das vistas. Ninguém escreve livros sobre elas."

"Talvez. Mas não acho que era desse tido de ocultação que o Juan Sebastián falava. Não importa. Deixe eu retomar a questão que levantei outro dia, a questão da mensagem. O David falou de uma certa mensagem que trazia consigo, mas não podia revelar. Durante o tempo que passou no hospital, como eu te disse, ele falou disso, de modo bem obsessivo, para mim e para outras pessoas também. Se o que você diz é verdade, se ele era capaz de dizer tudo o que queria através da dança, por que não poderia revelar essa mensagem através da dança?"

"Não pergunte isso pra mim, Simón. Não sou a pessoa certa para essas questões elevadas. Talvez a dança não tenha o poder de revelar mensagens. Talvez dança e mensagens pertençam a campos diferentes. Não sei. Mas sempre me pareceu estranho que a doença que acabou matando o David tenha começado deixando o menino aleijado. Estranho e sinistro. Como se a doença tivesse vontade própria. Como se quisesse que ele parasse de dançar. O que você acha?"

Ele ignora a pergunta. "Como você sabe, o Dmitri diz agora que é o único detentor da mensagem. Apesar das obstruções dos homens de jalecos brancos, ele diz, o David conseguiu passar sua mensagem para ele — para ele e mais ninguém. Você não tem nenhuma pista do que possa ser essa mensagem? As crianças da Academia não têm nada a dizer a respeito?"

"Não que eu tenha ouvido. O que elas dizem, o que parecem aceitar sem questionar, é que o Dmitri era o seguidor mais fiel do David. Que ele ficou ao lado do David em seus últimos dias. Que teria salvado o David se pudesse — teria roubado o menino do hospital e levado para um lugar seguro —, mas que os homens de branco eram muitos e muito poderosos."

"A companheira do Dmitri no hospital, a señora Devito — o que as crianças dizem dela?"

"Nada. Todas as histórias deles são sobre o David e o Dmitri. Claro que o Dmitri é parte do folclore da Academia faz muito tempo. Ninguém desce para o porão de noite com medo de ser pego e comido por *Dmitri, el Coco*. Dmitri, o bicho-papão de cabelo verde."

"Ah, então era essa a figura do concerto: *Dmitri, el Coco*! Como eu queria nunca ter conhecido esse homem!"

"Se não tivesse sido o Dmitri teria sido alguma outra pessoa como ele", diz Alyosha. "Pessoas assim são abundantes, pode crer."

24.

Chega uma carta do próprio Dmitri.

Simón,
Eu preferia falar com você cara a cara, de homem para homem, mas não é fácil para mim ir e vir como uma pessoa normal, não até chegarem ao consenso de que eu paguei pelos meus pecados, de que mereço o perdão, et cetera. Portanto, escrevo.
Vamos falar abertamente: você nunca gostou de mim e eu nunca gostei de você. Me lembro claramente do dia em que nos conhecemos. Você não escondeu seus sentimentos. Eu não era o seu tipo e você não queria ter nada a ver comigo. No entanto, aqui estamos, anos depois, nossos destinos tão entrelaçados como sempre, seu destino e o meu.
Enquanto o David estava vivo eu respeitei o seu arranjo familiar. Se a história que trazia a público era que vocês três eram uma família feliz, pai, mãe e filho muito amado, quem era eu para semear dúvidas?
Mas você sabe a verdade. A verdade é que vocês nunca foram

uma família feliz, nunca foram uma família de jeito nenhum. A verdade é que o jovem David não era filho de ninguém, mas um órfão que por razões próprias você tomou debaixo da asa e enredou com uma cerca de espinhos para que ele não pudesse escapar e sair voando.

Recentemente, tive uma conversa com o dr. Julio Fabricante, que chefia o orfanato onde o David se refugiou de você e Inés. O dr. Julio é um homem ocupado a seu modo, e eu também sou ocupado a meu modo, de forma que não foi fácil marcarmos um encontro. Mesmo assim, achamos um tempo para discutir o futuro do David.

O futuro do David?, você pode perguntar. Que futuro tem o David, se está morto?

Aqui chegamos a uma pausa diante da questão sobre vida e morte, morte e vida. O que significa, em termos filosóficos, no nível mais elevado ou mais profundo, estar morto?

Você é um pouco filósofo à sua maneira, de modo que vai apreciar a força da questão. E eu virei um pouco filósofo por causa da pressão do confinamento. O confinamento, eu sempre digo, é o irmão da reflexão, ou meio-irmão. Durante meu confinamento, pensei muito no passado, em Ana Magdalena principalmente e no que fiz com ela. Sim, o que eu, Dmitri, fiz com ela. Eles ficam me forçando, estes médicos, a acreditar que eu não era eu quando fiz aquilo. "Você não é um mau sujeito de coração, Dmitri", eles me dizem, "não é totalmente mau. Não, foi isso ou aquilo que levou você a fazer o que fez: um ataque, uma crise, talvez mesmo a velha possessão demoníaca de tipo transitório. Mas anime-se, nós vamos endireitar você. Vamos te dar comprimidos que vão curá-lo para sempre. Tome um desses comprimidos antes de dormir e outro ao acordar, comporte-se e dentro de muito pouco você vai ser você outra vez."

Que simplórios, Simón, que simplórios! Tome um comprimido,

baixe a cabeça e tudo vai voltar a ser como era antes! O que eles entendem do coração humano? Aquele menininho entendia mais que eles. Vá embora, Dmitri!, ele disse. Eu não te perdoo! Enquanto os médicos estavam ocupados me afundando em comprimidos e bons conselhos, era a palavra dele que eu lembrava e que me salvou: Eu não te perdoo! De que outro jeito eu teria conseguido sobreviver aos cuidados deles e sair deste lado intocado?

Os restos mortais do menino agora estão selados no orfanato, numa parede que dá para um jardim de rosas — um lugar totalmente pacífico, me garante o dr. Julio. Eu não sou a favor da fornalha, mas o dr. Julio diz que a cremação sempre foi a política da instituição e quem sou eu para questionar a política? Se tivessem me consultado, eu teria votado pelo enterro de todos os restos mortais, sem faltar nada, num túmulo de antigamente. Visitar um buraco na parede, como eu disse para o dr. Julio, nunca é a mesma coisa que visitar um túmulo de verdade, num cemitério de verdade, onde a gente pode ver o falecido debaixo do seu cobertor de terra com um sorriso nos lábios, à espera de que a outra vida se anuncie.

Cinzas são sem substâncias quando comparadas a um corpo de verdade, não acha? E como se pode ter certeza de que as cinzas que chegam do crematório na sua casa num vaso modesto são as cinzas do falecido? Mas, como eu digo, quem sou eu para dar ordens?

Volto ao futuro do David. O David era um menino muito especial que por acaso ficou sob os seus cuidados, os seus e os da señora, uma responsabilidade para a qual vocês dois se revelaram inadequados. Não vamos discutir, você sabe que é verdade. Mas se console. Podemos contar uma versão mais cor-de-rosa da história do David, que seja mais gentil com você. É a seguinte. Você, o fiel, confiável Simón, nunca esteve destinado a ser mais que um ator secundário na vida do David. Seu papel era trazer o menino de Novilla para Estrella e entregá-lo para mim, Dmitri, e depois disso *retirar-se de cena. Já pensou nesses termos? Você é uma pessoa reflexiva, deve ter pensado, talvez.*

Você é um homem honesto, Simón, honesto até demais. Olhe no seu coração. A dura verdade é que fui eu que fiquei com o menino durante a agonia dele, enquanto você estava em casa relaxando, tomando um drinque e cochilando. Fui eu que, quando chegou a enfermeira da noite com os comprimidos para fazê-lo dormir, desapareci com eles. Por quê? Por respeito a ele. Porque ele tinha medo dos comprimidos, tinha medo de ser posto para dormir, tinha medo de nunca mais acordar. Apesar da dor insuportável (você sabe o quanto ele sofreu, Simón? Não acredito que saiba), ele não queria morrer antes de dar a sua mensagem.

Como não queria que a mensagem morresse com ele, escolheu confiar a mensagem a mim. Você, ele nunca teria escolhido. Você teria sido uma perda de tempo. "O problema do Simón é que ele não tem ouvidos para ouvir": era isso que ele me dizia sempre. "O Simón simplesmente não reconhece quem sou eu, não consegue captar a minha mensagem."

Eu reconheci o David e ele me reconheceu. Sem nenhuma dúvida. Nós éramos uma dupla natural, ele e eu, como o arco e a flecha, como a mão e a luva. Ele era o senhor, eu era o seu servidor. Então, quando chegou a hora de morrer, foi para mim, o fiel Dmitri, que ele se voltou. "Estou cansado, Dmitri", ele disse. "Não suporto mais este mundo. Me ajude. Me carregue nos braços. Faça minha partida ser mais fácil."

Volto ao ponto principal. Em certo sentido, o David estava revelando uma mensagem, embora o conteúdo da mensagem ainda seja obscuro. Talvez ele ainda não tivesse dado forma total à mensagem. Talvez houvesse uma nuvem na sua mente, da qual ia nascer uma mensagem. É possível. Mas em outro sentido, se tinha uma nuvem na mente ou não é irrelevante, uma vez que o David em si pode ter sido a mensagem.

O mensageiro era a mensagem: uma ideia ofuscante, não concorda?

Que o mensageiro ou a mensagem ou ambos juntos acabem emparedados atrás de tijolos é um ultraje. Não podemos permitir isso. Quero que você vá até o orfanato e remova o David. Não é tão difícil. Um martelo e uma talhadeira bastam. Faça isso depois que escurecer. Espere uma noite de tempestade em que não vão te ouvir por cima do clamor dos elementos.

Ele passou como um cometa. Não sou o primeiro a fazer essa observação. É fácil perder a passagem de um cometa: basta um piscar de olhos, um momento de desatenção. Nós devemos isso a ele, Simón, para manter acesa a luz dele. Sei que não é fácil para você roubar um túmulo. Mas não é um túmulo de verdade, é só uma cavidade na parede. Pense desse jeito.

Você e eu não concordamos em muitas coisas, mas temos uma coisa em comum: nós dois amamos o David e queremos trazer o menino de volta.

Dmitri

P.S. — Minha correspondência tem de passar pelo escrutínio de um conluio de médicos, é assim que são as coisas aqui, então não se dirija a mim. Envie sua resposta aos cuidados de Laura Devito, uma amiga de confiança e, posso acrescentar, devota em espírito do David. Quando toda essa história terminar e a gente tiver a chance de relaxar com um copo de vinho, vou te contar toda a história, a história entre mim e ela. Você não vai acreditar.

Ele rasga a carta de Dmitri ao meio, depois em quatro pedaços e joga no lixo. É curioso o poder que Dmitri tem de perturbá-lo — perturbá-lo e fazê-lo ferver de raiva. Normalmente, ele é um homem plácido, plácido até demais. Ele ferve porque tem ciúmes de Dmitri, de sua alegação de intimidade com David? *Ele é o senhor, eu sou o seu servidor.* Não são as palavras que ele,

Simón, usaria. *Ele mostrava o caminho; eu seguia*: é assim que ele diria, a respeito de si mesmo.

Ele não acredita na afirmação de Dmitri de que está de posse da mensagem de David. Se Dmitri tem de fato uma mensagem, é uma que inventou para servir a seus propósitos pessoais — para desacreditar os juízes, por exemplo, e libertar-se do confinamento (irmão da reflexão!) que impuseram a ele. Assim: *Abençoado seja o insolente, porque a ele é dado dizer a verdade. Abençoado o impetuoso, porque o registro de seus crimes será apagado.*

Três dias depois da carta de Dmitri, batem à porta. É uma das crianças do orfanato: Esteban, o menino alto e magro com as espinhas furiosas.

Sem dizer uma palavra, Esteban estende a ele uma carta.

"De quem é?", ele pergunta.

"Da señora Devito."

"A señora Devito espera uma resposta? Porque posso já te dizer que não vai haver resposta."

Esteban não diz nenhuma palavra; seu rosto fica ruborizado.

"De qualquer forma, entre, Esteban. Sente-se. Quer comer alguma coisa?"

Esteban balança a cabeça.

"Bom, eu ia mesmo fazer um sanduíche. Se não quiser comer aqui, pode levar pro Las Manos. Tenho certeza de que vocês não comem o suficiente lá."

Cauteloso, Esteban se senta conforme orientado. Ele, Simón, fatia o pão, espalha uma grossa camada de geleia, põe o sanduíche na frente do menino com um copo de leite. Ainda ruborizado, Esteban come.

"Você era amigo do David, não era, Esteban? Mas não era do time de futebol. Imagino que o futebol não seja o seu esporte."

Esteban balança a cabeça, limpando os dedos na calça.

"Qual é o seu esporte favorito? O que você mais gosta de fazer?"
Encabulado, Esteban dá de ombros.
"Você gosta de ler? Tem biblioteca em Las Manos? Você tem a chance de ler histórias, histórias inventadas?"
"Na verdade, não."
"E o que você vai ser quando sair de Las Manos, quando crescer?"
"O dr. Julio disse que eu posso ser jardineiro."
"Que bom. Jardineiros são gente boa. É isso que você quer ser na vida, jardineiro?"
O menino assente.
"E a Maria Prudencia? Você é amigo da Maria Prudencia, não é? A Maria vai ser jardineira também? Vocês vão ser um casal de jardineiros?"
O menino assente.
"Você lembra, Esteban, o que você disse no memorial para o David, quando você e seus amigos invadiram a Academia carregando o caixão vazio? Você disse que queria passar a mensagem do David. Que mensagem você tinha em mente?"
O menino se cala.
"Você não sabe. Todo mundo acredita que o David tinha uma mensagem para nós, mas ninguém sabe qual é a mensagem. Me diga, Esteban, o que atraía você no David? O que levava você e a Maria Prudencia a irem até o hospital para visitar o David quando ele estava doente? O que te deu coragem pra se levantar e fazer aquele discurso no palco? Porque eu acho que fazer discurso não deve ser uma coisa fácil pra você. Você diria que foi a amizade que te inspirou e te deu força? É esse o termo que você usaria? A Maria é sua amiga, todo mundo percebe, mas você diria que o David era seu amigo também?"
O menino contorce os ombros numa crise de embaraço e confusão. Ele deve estar lamentando o dia em que concordou

em entregar uma carta para o velho esquisito que finge ser pai de David!

"Tudo bem, Esteban, eu vou parar de perguntar. Estou vendo que você não gosta. Sabe, durante anos eu fui o amigo mais chegado do David. Minha única preocupação era o bem-estar dele, acima de tudo. Não é fácil quando uma amizade assim termina de repente. Foi por isso que eu te perguntei dele. Pra eu ter a chance de ver o David pelos seus olhos. Pra ele voltar à vida de novo, para mim. Espero que você não fique chateado. Diga para a señora Devito que não tem resposta. Leve estes biscoitos de chocolate pra você. Vou pôr num saquinho. Reparta com a Maria Prudencia. Diga que o David mandou."

Quando Esteban se retira, ele rasga a carta sem ler e joga no lixo. Meia hora depois, recupera os pedaços e os arruma em cima da mesa da cozinha.

Simón:

Fiz um pedido simples, que você não atendeu. Eu podia muito bem me chamar Simón, você podia muito bem se chamar Dmitri. E quanto ao David, quem se importa agora qual era o nome dele de verdade, que ele fizesse tanta questão disso?

As coisas não funcionam por nome, nem neste hospital, nem em lugar nenhum do mundo. As coisas funcionam por números. Os números regem o universo — isso eu posso garantir agora, como parte da mensagem do David (mas só uma parte).

Você não faz ideia da casualidade com que dispõem de corpos aqui no hospital, post mortem. Nossa profissão é vida, não morte: esse é nosso orgulhoso lema. Que os mortos enterrem os seus mortos.

A falha do David foi ele não ter um número, um número de verdade a que pudesse estar ligado com confiança. Não ter um número, não é coisa rara entre órfãos. O dr. Julio me confia de vez em quando que tem de inventar um número para uma criança sob seus cuidados, uma vez que sem um número você não pode ter acesso aos benefícios sociais. Mas pense no que acontece na sala morta (é assim que a gente chama aqui, a sala morta) quando chega um cadáver sem número, ou com um número que, digamos, é fictício. Como se encerra um caso quando não tem caso para encerrar? Você tem um corpo nas mãos, um indubitável corpo físico com altura, peso e todos os outros atributos de um corpo, mas a pessoa, o ser, a entidade a que o corpo pertencia não existe, nunca existiu. O que você faz quando é apenas um subalterno manipulador de corpos, no degrau mais baixo da escala hospitalar? Deixo isso à sua imaginação.

O que quero dizer, Simón, é que o David não precisa estar morto. Alguma coisa atravessou a sala morta que significou o advento de uma ausência no mundo, uma nova ausência, mas essa ausência não era do David, não necessariamente, não indubitavelmente. Existem cinzas, cinzas indubitáveis, num buraco numa parede perto do rio, mas quem pode dizer de quem são essas cinzas? Possivelmente quaisquer cinzas velhas que varreram do fundo da fornalha, quando a fornalha esfriou, e colocaram num vaso. O David foi conduzido para a sala morta: você o viu lá, eu o vi lá. O que aconteceu em seguida é tudo turvo, turvo e misterioso. Quem removeu o David de lá? Ele saiu andando? Desapareceu no ar? Não se sabe, assim como não se sabe a causa da morte dele. Atípica foi a palavra que os médicos escolheram: uma ou outra coisa atípica. Podiam também ter escrito Uma conjunção maligna das estrelas. De qualquer forma, o caso agora está encerrado (tem um selo preto grande que eles colocam na pasta de um caso encerrado, eu vi com meus próprios olhos: CASO ENCERRADO). Mas que caso é esse caso, em termos filosóficos? Talvez seja o caso de algum fantasma conjurado na sala do dr. Julio por questões de conveniência, e nesse caso, em termos filosóficos, é o caso de ninguém. Então o que digo? Muita confusão. Muitas perguntas sem resposta.

E como eu disse, você tem até sábado.
PPS. Você nunca esteve confinado, Simón, então não faz ideia do que é ser enjaulado sem nenhuma promessa de liberdade. E a companhia que tenho de aguentar! Eu, Dmitri, no meio de um bando de velhos de cabelo branco, costas curvadas, babando, incontinentes! Você acha que a ala fechada do hospital é um destino melhor do que as minas de sal? Está errado. Estou pagando caro pelos meus erros. Simón, pago todo dia. Tenha isso em mente.
O que nós queremos, o que nós todos queremos, é a palavra de iluminação que abrirá todas as portas da nossa prisão e nos trará de volta à vida. Quando digo prisão, não falo apenas da ala fechada, mas do mundo, do mundo inteiro. Porque é isso que o mundo é, de certo ponto de vista: uma prisão na qual se decai até ter as costas curvadas, ficar incontinente e, por fim, morrer, e depois (se você acredita em certas histórias em que não acredito) acordar num litoral estranho onde tem de representar a lenga-lenga toda outra vez.
Nossa fome não é de pão (isso é o que nós temos para o almoço todo santo dia, pão com feijão em molho de tomate), mas sim da palavra, da palavra de fogo que revelará por que estamos aqui.
Você entende, Simón, ou está além da fome, como está além da paixão, além do sofrimento? Às vezes, penso em você como uma camisa velha que foi arrastada pelo oceano por tanto tempo que toda cor, toda substância foi apagada dela. Mas é claro que você não vai entender. Você acha que você é a norma, señor Normal, e que todo mundo que não é como você é louco.
Tem alguma noção de quem era a criança que vivia sob os seus cuidados? Ele diz que você concordava que ele era excepcional, mas você faz ideia do quanto ele era realmente excepcional? Eu acho que não faz. Ele tinha o raciocínio rápido e era ágil com os pés: isso é o que significava excepcional para você. Enquanto eu, Dmitri, antes um humilde guarda de museu e agora quem sabe

o quê, em outras palavras, ninguém especial, sabia desde o momento em que meus olhos pousaram nele que ele não pertencia a este mundo. Ele era como um daqueles pássaros, me esqueço o nome, que descem do céu na segunda lua cheia do mês para se mostrar aos meros terráqueos antes de voar de novo para seus meandros eternos. Desculpe a linguagem. Ou como um cometa, como eu disse da última vez, que se esvai num piscar de olhos.

As ruas estão cheias de loucos com uma mensagem para a humanidade, Simón. Você sabe tão bem quanto eu. O David era diferente. O David era de verdade.

Eu te disse que ele me confiou a mensagem. Não é exatamente verdade. Se ele tivesse me confiado a mensagem, eu não estaria aqui fechado nesta ala escrevendo uma carta para um homem que me aborrece e que sempre me aborreceu. Eu estaria livre. Eu seria um ser livre. Não, ele não me confiou a mensagem dele, não de fato. Durante os últimos dias, ele teve muitas oportunidades de fazer isso. Eu sentava do lado da cama dele quando minhas tarefas permitiam, segurava a mão dele e dizia: o Dmitri está aqui, *e quando do ele mexia os lábios eu me inclinava para ouvir, pronto para a palavra de fogo. Mas ela não veio. Por que eu estou aqui, Dmitri? Eram essas as palavras que vinham. Quem sou eu e por que eu estou aqui?*

O que eu podia dizer? Claro que não: Não faço ideia, meu amigo. Enviado por engano, se tivesse de dizer, se dependesse de mim arriscar um palpite. Despachado para o lugar errado, no momento errado. *Não, eu não ia estragar desse jeito o dia dele.* Você foi enviado para me salvar, *eu disse* — eu, seu velho amigo Dmitri, que te ama e te reverencia e morreria por você sem hesitar. Você foi enviado para salvar Dmitri e trazer de volta a sua amada Ana Magdalena.

Mas não era isso que ele queria ouvir. Não era o suficiente pra ele. Ele queria ouvir alguma outra coisa, uma coisa grandiosa. O que exatamente, você pergunta? Quem sabe. Quem sabe.

O fato é que pecadores autênticos como o velho Dmitri eram muito fáceis para ele. Eram os tipos como você que ele queria salvar, tipos que representavam um desafio maior para ele. Aqui está o velho Simón, com seu passado mais ou menos impoluto, um bom sujeito, embora não excessivamente bom, sem nenhum grande anseio pela outra vida — vamos ver o que se pode fazer por ele.

Ele estava muito fraco, no fim — foi essa a conclusão a que eu cheguei depois de muito conflito interior. Fraco demais para pronunciar a palavra de fogo, para você ou para mim. Quando ele se deu conta de que o fim estava perto, a doença tinha tirado demais dele, e ele não tinha mais força para o que era necessário.

Sabe que, no pico da doença dele, eu ofereci o meu sangue: Ofereci uma transfusão completa: tirar o sangue dele, botar o meu sangue. Eles recusaram, aqueles médicos. Não vai funcionar, Dmitri, eles disseram: tipo de sangue errado. Vocês não entendem, eu disse. Estou pronto para morrer por ele. Se você está pronto para morrer por alguém, seu sangue sempre vai servir. A paixão no seu sangue queima os corpúsculos do sangue, incinera todos num segundo. Eles só deram risada. Você não entende de sangue, Dmitri, eles disseram. Vá limpar as privadas. É para isso que você serve.

Eu ponho a culpa neles. Culpo os médicos. Eu nunca confiaria um filho meu a Carlos Ribeiro. Ele é bom para um osso quebrado, uma apendicite e coisas assim, mas completamente sem inspiração num caso como o do David. Disto é que precisa um médico nesses casos atípicos: inspiração. Não adianta recorrer ao manual. Nenhum manual ajuda quando você se depara com uma doença misteriosa. Não chego nem ao traseiro de um médico, mas teria feito melhor que o dr. Ribeiro.

Até a próxima vez.
D.

25.

"Tem uma coisa que eu estou querendo te falar, Simón", diz Inés. "A Paula e eu resolvemos que chegou a hora de vender a loja. Já recebemos uma proposta. Assim que a venda acontecer, a gente vai se mudar para Novilla. Achei que devia te avisar com antecedência."

"Você e a Paula? E o marido e os filhos dela? Vão mudar para Novilla também?"

"Não. O filho dela está no último ano da escola e não quer sair. Ele vai ficar com o pai."

"E em Novilla você e a Paula pensam em morar juntas?"

"É. A ideia é essa."

Ele desconfiava havia tempo que Inés e Paula eram mais que apenas sócias. "Desejo toda felicidade a você, Inés", ele diz. "Toda felicidade e todo sucesso." Ele podia dizer mais, porém para por aí.

Então é assim que termina a história, ele reflete depois, a história do seu pequeno projeto de serem uma família: com a morte do filho, seguida da partida da mulher, deixando o homem sozinho numa cidade estranha, lamentando suas perdas.

Ele não tem contato íntimo com uma mulher desde os primeiros dias em Novilla, quando trabalhava como estivador. Por Inés, ele nunca sentiu desejo físico. Não é fácil encontrar palavras para o que foi a relação deles: certamente não marido e mulher, nem irmão e irmã. *Compañeros* pode chegar mais perto: como se, através de um propósito comum e de um trabalho comum, tivesse se desenvolvido entre os dois um elo não de amor, mas de dever e hábito. No entanto, mesmo como companheiro, mesmo no âmbito estreito do companheirismo que ela permitia, ele nunca se mostrou suficientemente bom para ela, nunca foi o que Inés merecia.

Quando chegou à costa desta terra, o funcionário que o atendeu lhe impôs o nome de Simón e a idade de quarenta e dois anos. De início, isso o divertiu: a idade parecia tão arbitrária quanto o nome. Mas aos poucos, com o passar do tempo, o número quarenta e dois assumiu uma fatalidade própria. Foi sob a estrela benfazeja de quarenta e dois que sua nova vida se inaugurou. O que ele ainda não consegue ver, o que ainda está oculto para ele, é quando a influência astral de quarenta e dois terminará e a influência de algum outro número, talvez mais sombrio, talvez mais luminoso, começará. Ou será que isso já aconteceu? Será que o dia em que morreu o seu filho marcou o encerramento do quarenta e dois? Nesse caso, qual a nova idade à qual ele acedeu?

Ele está familiarizado o bastante com a matemática da Academia para saber que o que se segue a quarenta e dois não é necessariamente quarenta e três, quarenta e quatro, quarenta e cinco. Assim como as estrelas do céu da Academia dançam a sua própria melodia, também os números o fazem. A questão é: que tipo de homem ele será — o *ele* que atendia ou costumava atender pelo nome de Simón — sob sua nova estrela? Ele deixará de ser manso, prudente, sem graça? Virá a ser (tarde demais!) o homem que devia ter sido para ser o pai certo para David: volúvel, temerário, apaixonado? E nesse caso, qual será seu novo nome?

Houve um tempo em que teve um fraco por Alma, a terceira das três irmãs da fazenda. Como seria recebido, o velho solteirão Simón, se aparecesse amanhã na porta da fazenda com seu melhor terno e um buquê de flores, numa tentativa de corte? Seria convidado a entrar ou, ao contrário, as irmãs soltariam os cachorros em cima dele?

Suas ruminações são interrompidas por batidas na porta. De início, ele não reconhece a visitante: ele a toma por uma das vizinhas do prédio.

"Pois não? Em que posso ser útil?", ele pergunta.

"Sou eu, a Rita", ela responde. "Lembra? Eu cuidei do seu filho no hospital."

Seu coração dá um salto. O destino estará propondo uma resposta à pergunta *Para onde agora?* na forma dessa mulher que não deixa de ser atraente? "Claro!", ele diz. "Como vai, Rita?"

"Posso entrar?", pergunta Rita. "Vim trazer o livro do David, o que ele perdeu. Fizemos uma grande limpeza e encontrei o livro na sala coletiva dos funcionários. Não faço ideia de como foi parar lá. Como vai você, Simón? Está suportando bem? Nem sei dizer o quanto sentimos falta do David, nós todos. É de partir o coração mesmo quando... sabe..."

Ele oferece a Rita um copo de vinho, que ela aceita. O livro que ela trouxe é, claro, *As aventuras de Dom Quixote*, que desde que ele o viu pela última vez adquiriu uma pátina escura na capa.

"Devo confessar", diz a irmã Rita, "que hesitei. Primeiro, senti vontade de guardar como lembrança; mas depois pensei: deve trazer tantas lembranças para o Simón, talvez deva ficar com ele. Então, aqui está."

"Nem sei dizer o quanto agradeço, Rita. Você acredita que foi com esse livro que o David aprendeu a ler sozinho? Ele sabia esse livro de cor, inteiro."

"Que ótimo", diz Rita.

Ele insiste. "Rita, você esteve com o David durante os últimos dias. Ele alguma vez te falou de uma mensagem? Ele deixou alguma mensagem?"

"Curioso você perguntar. Muito recentemente, a gente estava comentando o que o David significava para nós. Porque quando se batalha para salvar um paciente e se perde, como nós perdemos, é bom aprender com isso e levar uma mensagem para a próxima batalha. Senão a gente fica bem desanimado, acredite. No caso do David, nós decidimos que a mensagem dele era a sua valentia. O David era um menino muito, muito valente, que sofreu muito, mas nunca reclamou. Ser valente, ser alegre na adversidade: essa era a mensagem dele, eu diria.

"Seja valente. Seja alegre. Vou lembrar disso quando chegar a minha hora."

"E a sua esposa, Simón? Como ela está reagindo? Ela e o David eram muito próximos, dava para perceber."

"A Inés não é de fato minha esposa", diz ele. "De fato, ela e eu vamos nos separar em breve e seguir nossos caminhos independentes. Mas com certeza ela é a mãe do David, a mãe verdadeira, mesmo não tendo os papéis para provar isso. Sua mãe eletiva. Inés é a mãe dele, e quanto a mim, eu fiz o papel de pai, na ausência de alguém melhor. É, Inés e eu vamos seguir caminhos separados. De fato, devo confessar que, no momento em que você bateu à porta, eu estava pensando no que o futuro me reserva. Inés vai voltar para Novilla, ela é de lá, tem família lá. Eu vou ficar em Estrella. Tenho uma espécie de emprego, não grande coisa, mas que me deixa satisfeito. Sou mensageiro de bicicleta. Distribuo anúncios nas casas. Acho que vou continuar fazendo isso. No momento em que você bateu, eu estava pensando em quem ia substituir Inés na minha vida. Ela e eu estivemos juntos durante quase cinco anos, eu me acostumei a estar com ela, ainda que não fôssemos marido e mulher no sentido convencional."

Mesmo ao falar, ele se dá conta de que está falando demais, demais mesmo, e evidentemente Rita sente a mesma coisa, porque se ajeita incomodada na cadeira. "Tenho de ir", diz ela e se levanta. "Fico contente de ter devolvido o livro. Espero que você e Inés logo encontrem a paz."

Ele a acompanha até a saída; da porta, observa a figura miúda e arrumada que se afasta pelo corredor.

Folheia o livro que ela deixou. Uma mancha na capa (café?) penetrou e grudou as primeiras páginas. A encadernação está se soltando. Mas as marcas dos dedos de David estão em tudo, mesmo invisíveis. É uma espécie de relíquia.

Pregada na parte interna da contracapa, uma tira de papel que ele não tinha notado antes. Tem o cabeçalho *Cidade de Novilla — Biblioteca Municipal*, seguido das palavras:

Caras crianças,
Nós da biblioteca gostamos de saber se as crianças apreciaram a leitura de nossos livros e o que levaram deles para a vida.
Qual a mensagem deste livro? O que você mais vai lembrar dele?
Escreva sua resposta abaixo. Estamos ansiosos para lê-las.
Sua amiga, a bibliotecária.

No espaço fornecido, dois leitores de antes de ele, Simón, tomar emprestado o livro da biblioteca amiga (e nunca devolver) deixaram seus comentários.

Eu gostei do Sancho, diz o primeiro. *A mensagem deste livro é que a gente deve ouvir o Sancho porque ele não é o louco.*

A *mensagem do livro é que Dom Quixote morreu e então não pode casar com a Dulcania*, diz o segundo.

Nenhum dos comentários está na caligrafia de David. Uma pena. Agora, nunca se saberá qual, aos olhos de David, era a mensagem do livro, ou do que, acima de tudo, ele se lembrava do livro.